청춘 이라면

세상을

좀 비웃어도 괜찮아

청춘이라면 세상을 좀 비웃어도 괜찮아

발행일 2018년 2월 7일

지은이 김 현 준
펴낸이 손 형 국
펴낸곳 (주)북랩
편집인 선일영 편집 오경진, 권혁신, 최예은, 최승헌
디자인 이현수, 김민하, 한수희, 김윤주, 허지혜 제작 박기성, 황동현, 구성우, 정성배
마케팅 김회란, 박진관, 유한호
출판등록 2004. 12. 1(제2012-000051호)
주소 서울시 금천구 가산디지털 1로 168, 우림라이온스밸리 B동 B113, 114호
홈페이지 www.book.co.kr
전화번호 (02)2026-5777 팩스 (02)2026-5747

ISBN 979-11-5987-943-2 03810 (종이책) 979-11-5987-944-9 05810 (전자책)

김현준 에세이

청춘이라면 세상을 좀 비웃어도 괜찮아

슬픈 현실을 견딜 수 있게 만드는 이야기

북랩 book Lab

쭌

에… Say

프롤로그

쭌 에~~~~ Say를 시작하며 난 많은 생각을 했다.

한 가지 분명한 것은, 나는 다른 '에세이'들처럼 '힐링'을 말하지 않는다.

힐링전도사는 다른 작가들의 역할.

내 글은 오히려 안티힐링.

우울한 현실을 애써 포장하지 않고 우울하게 받아들인다.

왜 사람도 내가 원하는 이미지와 현실 안의 내가 차이가 크게 벌어지면 괴리감 때문에 힘들어하듯이, 세상도 희망이 없는데 희망이 있어요! 하면 괴리감 들어서 힘들어한다. (웃음)

그래서 세상이 '착한아이 콤플렉스'에 걸리지 않도록, "착하지 않으면 사랑받을 수 없고 버림받을 것이다."가 아니라 비록 희망도 없고 착하지도 않지만 버림받지 않도록 이 글을 쓴다.

당신 또한 항상 웃고, 행복하고, 예쁘고, 착할 필요가 없다.

당신을 힘들게 하는 악당 같은 '세상'도 사랑받는데
당신이 사랑받지 못할 이유가 무엇인가?

사랑받기 위해 태어난 사람.

당신이 힘든 건 사랑받지 못해서가 아니라
세상이 원래 그런 거다.

이 글을 읽고 조금 우울하면 어떤가!

대수롭지 않은 척 어금니 물고 버티자, 우리!!!

차 례

	프롤로그	— 6
ESSAY **#01**	첫 출근	— 16
ESSAY **#02**	나도 여자랍니다	— 17
ESSAY **#03**	안녕?	— 18
ESSAY **#04**	월요일이 좋다	— 20
ESSAY **#05**	사랑의 토끼와 거북이	— 21
ESSAY **#06**	까다롭다	— 22
ESSAY **#07**	겨울왕국	— 23
ESSAY **#08**	카페인	— 24
ESSAY **#09**	〈홍연〉	— 26
ESSAY **#10**	불쌍한 겨울	— 28
ESSAY **#11**	물가안정	— 29
ESSAY **#12**	해와 바람	— 30
ESSAY **#13**	고시텔	— 31
ESSAY **#14**	레인이고 싶은 라인이	— 32
ESSAY **#15**	장사 없다	— 34
ESSAY **#16**	단 거	— 35
ESSAY **#17**	지하철	— 36
ESSAY **#18**	내 사전에 행복은 없다	— 37

ESSAY **#19** 타이머 — 38
ESSAY **#20** 휴일 — 40
ESSAY **#21** 자괴감 — 42
ESSAY **#22** 편견 — 44
ESSAY **#23** 존규직 — 46
ESSAY **#24** 포괄임금제 — 48
ESSAY **#25** 내 몸아 미안해 — 50
ESSAY **#26** 꼰대질 — 51
ESSAY **#27** 호모컨슈머스 — 52
ESSAY **#28** 샴푸 — 54
ESSAY **#29** 캐모마일 — 56
ESSAY **#30** 지키지 못했다 — 58
ESSAY **#31** 알파고 — 60
ESSAY **#32** 우린 시민인가? — 61
ESSAY **#33** 힘들다고 말하면 진짜 힘들 것 같았던 나 — 62
ESSAY **#34** 소녀시대의 〈Run Devil Run〉 — 64
ESSAY **#35** 심리학적 선택 — 66
ESSAY **#36** 두 종류의 남자 — 67
ESSAY **#37** 하늘이 파랑색이다 — 68
ESSAY **#38** 질투 — 69
ESSAY **#39** 샤부샤부 — 70
ESSAY **#40** 휴대폰 — 71
ESSAY **#41** 재능 기부 — 72
ESSAY **#42** 시집살이하는 너 — 74
ESSAY **#43** 스티브 잡스 스타일 — 75

ESSAY **#44** 너무나 피곤하다 — 76
ESSAY **#45** 나한테 안 돼 — 77
ESSAY **#46** 습관의 힘 — 78
ESSAY **#47** 뭣이 중한지 모르네 — 79
ESSAY **#48** 성당이 크림소보로 — 80
ESSAY **#49** 험한 길 — 81
ESSAY **#50** 갈림길 — 82
ESSAY **#51** 틀 안에 갇힌 너 — 84
ESSAY **#52** 모범 대사 — 86
ESSAY **#53** 뷰티풀 — 87
ESSAY **#54** 막대하다 — 88
ESSAY **#55** 자색 고구마 칩 — 89
ESSAY **#56** 그냥 궁금해서 — 90
ESSAY **#57** 영어 공부 해놓을 걸 — 92
ESSAY **#58** 모닝커피 — 94
ESSAY **#59** 공자 왈 "마음의 여유를 가지거라." — 95
ESSAY **#60** 폭염 — 96
ESSAY **#61** 통영푸드 대만 버터소보로 — 97
ESSAY **#62** 내 글은 자연인이다 — 98
ESSAY **#63** 장사꾼 — 100
ESSAY **#64** 이젠…… 너가 힘들다 — 101
ESSAY **#65** 야 — 102
ESSAY **#66** 사랑한다 초콜릿 — 103
ESSAY **#67** 비정규직 대신 파견직 — 104
ESSAY **#68** 난 정신병자다 — 105

ESSAY **#69** 그녀는 프로다 — 106
ESSAY **#70** 피자학교 퀘사디아 치킨 피자 — 107
ESSAY **#71** 반 반 시키는 나 — 108
ESSAY **#72** Cass — 110
ESSAY **#73** 얼그레이 — 111
ESSAY **#74** 휴식이 필요한 너의 달팽이관 — 112
ESSAY **#75** 날 라이벌로 생각하나 봐 — 113
ESSAY **#76** 소나기 — 114
ESSAY **#77** 금상 위에 좌상 — 115
ESSAY **#78** π 휴식 — 116
ESSAY **#79** 기차 소리 — 117
ESSAY **#80** 여우랍니다 — 118
ESSAY **#81** 시간 낭비 좀 해 제발…… — 120
ESSAY **#82** 부산 사투리 방송과 현실 사이 — 122
ESSAY **#83** NO! 레드카드 — 123
ESSAY **#84** 중소기업에 취업한 나 — 124
ESSAY **#85** 내가 부럽다니 말도 안 돼 — 125
ESSAY **#86** 바둑은 인생의 축소판이다 — 126
ESSAY **#87** 이거 좀 읽어 줘 — 127
ESSAY **#88** 확실한 것만 선택하는 너 — 128
ESSAY **#89** 사진 찍기 전에 먹지 말라고!!!!!! — 129
ESSAY **#90** 아이폰을 무시했던 1인 — 130
ESSAY **#91** 남자의 필수품 — 132
ESSAY **#92** 물론 팝콘만 먹을 생각은 없지만 ㅋ — 134
ESSAY **#93** 친구란 실수를 보는 눈에 끼는 안경 — 135

ESSAY **#94** 사랑 때문에 여자는 섭섭하고 남자는 억울하다 — 136
ESSAY **#95** He(그)가 You(너)가 된 순간 — 138
ESSAY **#96** 한국의 선진문물을 배워서 가는 독일인 — 139
ESSAY **#97** 은애합니다 — 140
ESSAY **#98** 사랑한다 말하면 이별이 올까 봐 — 141
ESSAY **#99** 학창시절을 비하하는 세대 — 142
ESSAY **#100** 유머감각 없어 고민인 여자 — 144
ESSAY **#101** 적당히 싸구려를 팔아야지 — 146
ESSAY **#102** 당신이 베이지 않게 — 148
ESSAY **#103** 저기요, 무슨 일 하세요? — 149
ESSAY **#104** 그러시면 안 됩니다 — 150
ESSAY **#105** 잉여인간과 잉여시간 소비자는 달라 — 152
ESSAY **#106** 알파고를 닮은 나 아니 나를 닮은 알파고 — 153
ESSAY **#107** 그 행복이 엄마 가슴에 못 박아 가지는 거라면 난 행복을 포기하겠다 — 154
ESSAY **#108** 블라인드 꼼수 — 156
ESSAY **#109** 두 가지 다 배우자 — 157
ESSAY **#110** 시작부터 불리한 게임 — 158
ESSAY **#111** 입구와 출구가 같은 문 — 159
ESSAY **#112** 보인다 너의 미소가 — 160
ESSAY **#113** 눈을 SNS로 읽은 사람 여기 여기 붙어라 — 161
ESSAY **#114** 초등 6학년을 예비 중학생으로 부르는 나라 — 162
ESSAY **#115** 데이터가 되어야 성공할 수 있는 시대 — 163
ESSAY **#116** 여행을 즐기는 방식이 다른 이유 — 164
ESSAY **#117** 입사교육 — 165

ESSAY **#118** 낙엽 — 166
ESSAY **#119** 정부와 공무원이 시대에 뒤처지는 이유 — 167
ESSAY **#120** 라이프스타일을 판다 — 168
ESSAY **#121** 원하는 라이프스타일이 있는 곳에서 살아요 — 169
ESSAY **#122** 피해의식이 있는 널 보다 문득 — 170
ESSAY **#123** 전세대란 — 171
ESSAY **#124** 우리는 한 민족 — 172
ESSAY **#125** 배시시 — 173
ESSAY **#126** 다음엔 Max로 써와라 — 174
ESSAY **#127** 라이터 — 175
ESSAY **#128** 짝사랑 — 176
ESSAY **#129** 진상일 뿐인데 — 177
ESSAY **#130** Cafri — 178
ESSAY **#131** 곰 되는 노력 그만해 — 179
ESSAY **#132** 인생은 두루마리 휴지다 — 180
ESSAY **#133** 이제 인간은 포장만 잘하면 돼 — 181
ESSAY **#134** 난 너의 쉬는 시간 — 182
ESSAY **#135** 장비빨이 짱인 시대 — 184
ESSAY **#136** 전자레인지 — 185
ESSAY **#137** 길거리 맥주 한잔 Go? — 186
ESSAY **#138** 불쌍한 한국 — 188
ESSAY **#139** 죄는 미워하되 사람은 미워하지 않는 방법을 배우게 해준 너 — 190
ESSAY **#140** 미래 자녀 성공 공식 — 192
ESSAY **#141** 핵 실험은 곰이 부리고 돈은 되놈이 번다 — 194

ESSAY **#142** 자녀가 끼니를 걸러도 괜찮은 자 외쳐라 — 195
ESSAY **#143** 따뜻함 없는 이 조언이 도움이 되길…… — 196
ESSAY **#144** 조금 더 길게 싸우면 좋겠다! — 197
ESSAY **#145** 보험과 복권 — 198
ESSAY **#146** 사업은 다른 사람과 함께 하겠어, 친구야 — 199
ESSAY **#147** 강한 꽃 약한 나비 — 200
ESSAY **#148** 짠짠짠 — 201
ESSAY **#149** 그 특권 마음껏 사용하자 — 202
ESSAY **#150** 이곳이 대한민국이다 — 203
ESSAY **#151** 너와 나의 거리 — 204
ESSAY **#152** 독하게 안 해도 말 잘 알아들어요, 우리 — 205
ESSAY **#153** 기적이었나 보다 — 206
ESSAY **#154** 서로 이해받지 못한 사이 — 207
ESSAY **#155** 사랑의 보이지 않는 손 — 208
ESSAY **#156** 〈황조가 2017〉 — 209
ESSAY **#157** 사드호란 — 210
ESSAY **#158** 조별싸움 — 211
ESSAY **#159** 직장인의 시간 — 212
ESSAY **#160** 예쁜 애들은 다 알아 — 213
ESSAY **#161** 하루가 길 것 같은 날 — 214
ESSAY **#162** 머니 스트레스 국가 — 215
ESSAY **#163** 모든 이론은 사람의 이기심이 변수다 — 216
ESSAY **#164** 아프니까 대한민국이다 — 217
ESSAY **#165** AI 발전의 올바른 사례 — 218
ESSAY **#166** 나 정말 눈이 이뻐? — 219

ESSAY **#167** 문제로 볼 것인가? 문화로 볼 것인가? — 220
ESSAY **#168** 개소리에 철학을 담았습니다 — 221
ESSAY **#169** 사랑은 시공을 넘어오는 것 — 222
ESSAY **#170** +, -(밀당)은 나중에 하는 거야 — 223
ESSAY **#171** 뽕나무 위에서 길러지는 인간들 — 224
ESSAY **#172** 위기가 찾아온다 — 225
ESSAY **#173** 문명 발전에 인간의 생각이 방해되는 시대가 온다 — 226
ESSAY **#174** 할머니도 여자가 아닌가 봐요 — 227
ESSAY **#175** 과학+편안함은 불안감을 이긴다 — 228
ESSAY **#176** 난 학자이기 전에 한국인이다 — 230
ESSAY **#177** 오빠, 그녀는 왜 봐 — 231
ESSAY **#178** 시선의 차이, 하지만 노인에게 훌륭한 운동이 되는 건 사실 — 232
ESSAY **#179** 사소함이 우리에게 미치는 영향 — 234
ESSAY **#180** 시식을 시작하면 펼쳐지는 지옥 — 235

에필로그 — 236

ESSAY

#1

싫다.
잉여로운 내가
너무 싫다.
아무것도 못하는 지금

할 일이 생겼다.

입가에 미소가 흐른다.
나만 멈춰있던 시간이 흐른다.

취업만 되면 완벽할 것 같던 나

완벽했던 달걀은 껍질을 깨고
삐약 삐약 병아리가 되었다.

첫 출근

ESSAY

#2

아침 일찍 일어나 조깅
저녁 여섯시 이후로 금식
처음 길러본 손톱
외출할 땐 굽 높은 하이힐~

어? 내 이야기다.

아침 일찍 일어나 출근길 조깅
저녁 여섯시 이후로 야근
깎지 못해 길어진 손톱
회사 갈 땐 굽 높은 하이힐~

직장 다녀 변했잖아,
여자에서 직장인으로.

나도 여자랍니다

ESSAY

#3

친해지고 싶은 사람이다.

나도 저 사람과 말해보고 싶다.

어? 지나간다.
아, 무슨 말을 하지?
아! 아무것도 생각이 안나…….
어떻게 하지…… 하나 둘 안녕?
바라보다 건넨 평범한 인사.
하…… 망했다. 바보 같다.
내 귀에 들려오는
안녕?
그 남자 목소리도
그 남자도
지나가버린다.

그 사람의 시점

모르는 사람이다.
아니, 정확히 말하면 내 무관심으로 모르게 된 사람이다.
눈이 마주친 거 같은데 인사해야 하나…….

그냥 지나가야 하나?

안녕?

인사한다. 나도 인사한다.

안녕?

인사를 하고
그 사람이 눈에 들어오기 시작했다.
주변을 둘러보는 척 찾아도 보고
매일 마주치던 거리에서
마주치지 못했다.
오늘은 내가 먼저 인사하려고 했는데……
신경 쓰이기 시작했다.
그 여자가.

누군가에겐 가장 바보 같았던 말,
안녕? 어쩌면 마법일지도.

ESSAY

#4

월요일이다.
난 월요일이 좋다.
룰루~랄라~

왜냐하면
그 사람이 월요일이 좋다고 했다.

다른 사람이 좋아하는걸
이유도 모른 채
나도 좋아하고 있다면

아마도 그건 사랑이겠지.

월요일이 좋다

ESSAY

#5

나에게 과분했던 사람과
사랑했다.

나에게 과분했던 사람에게
내가 과분해지자
이별이 왔다.

동화 속 토끼와 거북이
이야기처럼

잠자고 있던 그의 사랑을
조금의 머뭇거림도 없이 거북이처럼

느리게…… 하지만 분명하게 지나가버렸다.

사랑의 토끼와 거북이

ESSAY

#6

힘들다.
짜증 난다.

빌 게이츠(Bill Gates)가
학교 선생님이 까다롭다고 생각이 들면
그만 다니고 취업해서
직장 상사의 까다로움을 느껴보라고 했던가.

정말 까다롭다.

너무 까다로워서
내 마음도 까지려 하네……

까다롭다

ESSAY

#7

춥다. 너무 너무 춥다.
너무 춥다.
이곳은 겨울왕국인가?
영화 속 겨울은 봄이 온다.
현실 속 겨울은 봄이 안 온다.

여긴 시베리아도
펭귄 왕국 남극도 아니다.

여기는 취업준비생의 대한민국
취업준비생에게 지금의 대한민국은
너무 너무 너무 추운
겨울왕국이다.

겨울왕국

ESSAY

#8

카페인 우울증

사람들은 내가 우울한 이유가
'카페인' 때문이라고 했다.

'카카오스토리'
'페이스북'
'인스타그램'

줄여서 '카페인'

카페인 속 행복한 사람들과
불행한 현실 속 나를 비교해서 생긴다는
카페인 우울증

치료 방법은
일상이 아니라
특별한 날을 기록한다는 사실을
떠올리라는 위로

난 카페인에 올릴 사진 한 장 없는데…….
우울할 때면 커피를 마셨다.

카페인 우울증이
카페인 중독증이 되도록

카페인은 나에게 우울증을 준다.
하지만 그 우울증 덕분에
한 시간, 두 시간…… 시간을 흘려보내고
그렇게 또 하루를 살아간다.

"여기 아이스 아메리카노 한 잔 테이크아웃이요."

카페인

ESSAY

#9

"세상에 처음 날 때
인연인 사람들은
손과 손에 붉은 실이
이어진 채 온다 했죠."

안예은의 〈홍연〉을 듣다가
문득
드라마 단골 대사

"우리 어디서 만난 거 같지 않아요?"
"말로는 설명 불가능한 왜 '우연이
연속되면 인연이다.' 그런 말 있잖아요."

이런 대사 중간이나 끝에

"안 보이시나요? 우리 손목을 묶고 있는 붉은 실이.
내 눈에는 보이는데."
라는 말을 추가하면 좋겠다는
엉뚱한 생각을 했다.

진부하다고?

인정.
그런데 이 진부한 표현에
심쿵(심장이 쿵쿵대는 것)하는 건

어쩌면 우리 일상이
다람쥐 쳇바퀴 인생이라는 표현처럼
더 많이 진부해서 다람쥐 인생을 사는 나에게는
특별하게 다가오는 것 같다.

당신 손목의 붉은 실이 보인다면
지금 당장 달려가길…….

〈홍연〉

ESSAY

#10

〈봄이 오면〉
〈꽃 피는 봄이 오면〉

봄을 노래하는 노래는 많아. 많아도 너무 많아.
또 봄은 희망을 상징하고
겨울은 부정적인 의미로 사용되지.
그래서 일제강점기 대한민국의 많은
문장가는 봄이 오기를 희망했었지.

그래서 내가 불쌍한 겨울 이야기를 해보려고 해.

겨울이 오면 잡을 수 없던
흐르는 물도 고드름이 되어 잡을 수 있고
호수가 얼어 스케이트도 타고
산에 눈이 내려 썰매도 타고

가장 좋은 건 눈길 위의 너의 발자국
그 위를 따라 걷는 나의 발걸음
겨울이 그의 마음도 꽁꽁 얼려
사랑드름 만들어 다오, 내가 잡을 수 있게.

불쌍한 겨울

ESSAY

#11

"자본주의는 모든 시민을 잘 살게 해줄 것이다."

애덤 스미스(Adam Smith)의 저 이야기는 '도덕감정론'을
바탕으로 만들어진 말이다.

하지만 정치인은 타락했고
자본주의는 일부의 시민만을 잘 살게 해주었다.

일부에 포함되지 못한 시민들은
물가를 안정시켜 달라고 요구했고
기업들은 안정된 물가를 위해
제품 가격에서 인건비 부분을 낮추었다.
낮아진 인건비로 기존 직장인들은
더 힘들어졌고 '워킹푸어(Working Poor)'라는
단어가 탄생했다.

새로 태어난 청년들은
더 힘들어질 기회조차 잃어버렸다.

물가안정

ESSAY

#12

해와 바람이 내기를 했다.
지나가는 나그네의 옷을 벗기는 내기였다.

바람이 먼저 바람을 강하게 불었다.
성공할 뻔했지만
나그네는 강하게 옷을 부여잡았다.
바람은 세게 더 세게 더 세게 바람을 불었다.
바람이 불수록 나그네는 옷을 더 꽉 부여잡았다.

이번엔 해가 햇볕을 내리쬐었다.
강하게 더 강하게 땀을 뻘뻘 흘리도록.
그러자 나그네는
선크림을 바르고 선글라스를 착용하고
선캡을 착용하고 햇빛을 차단해 버렸다.

그렇게 해도 바람도 모두 실패했고

그 어려운 걸! 해냈다 내가.
해도 바람도 실패했던 일.

해와 바람

ESSAY

#13

고시텔에서 산다.
오늘부터.

솔직히 좁다.
아담한 거라고
청소하기 편한 거라고
애써 위로하고 싶은 마음도 없다.
그냥 좁다.

그래도 행복하다.
이 좁은 공간에서 만들어질
내 꿈은 넓다.
왜 꿈이 크다고 하지 않고 넓다고
표현했냐고?
넓은 마음에서 넓은 생각이
나온다 생각하고 넘어가 주라.

내가 좀 Nervy('뻔뻔하다'는 뜻이 있다) 하지.
내가 Nervy 하니 꿈의 너비도 넓구나.

고시텔

ESSAY

#14

Line(라인)
Lane(레인)

라인과 레인. 비슷한 듯 다른 뜻.
혼동하거나
착각하거나
또는
라인이 레인의 사투리? 정도로
알고 있는 사람도 있다.

쉽게 구분하는 방법은
라인은 1개의 선을 의미하고,
레인은 2개의 선 사이
즉, 공간을 포함한 개념

더 쉽게 설명하면
볼링장에서 출발선처럼 보이는 것은
볼링장 파울 라인
볼링공이 지나가는 길은 레인
어렵다고?

라인은 솔로(Solo)
레인은 커플(Couple)

OK?
이제 쉽게 구별 가능하지?

영단어를 설명했는데
눈에서 땀이 난다.

레인이고 싶은 라인이

ESSAY
#15

불경기에 장사 없다.

다른 뜻의 장사도 사라지고 있다.

불경기에 장사 없다.
진짜 장사가 안 된다.

사람들이 돈이 없다.
장사가 안 돼
월급이 없다.
직원도 없다.
손님도 없다.

장사가 더 안 돼
장사도 없다.

없는 나라

아! 빈부격차는 있다.

장사 없다

ESSAY

#16

Danger!!!(위험!!!)
Dan Ger(단 거)

단 거는 위험하지.
살찌니까~

살찌는 느낌 내가 아니까.
Danger를 '단 거'로 읽을 수 있는 건
우연이 아닐지도 몰라.
그래도 지금 내가 먹는 초콜릿에
Dan Ger(단 거)라고 표시 사항이 생긴다면
울어버릴지도 몰라.

단 거는 많이 먹으면 치아도 상하고
몸도 상하고
많은 것을 상하게 하지만

내 기분에 '상'인 걸.
상 중에서도 최우수상.

단 거

ESSAY

#17

지하철 많은 사람들
다들 아침 일찍 어디를 가시오.
나도 어딘가 가면서
궁금해.
하지만
물어보기엔
다들 피곤한 표정
그대 표정에
그대는 없고
목적지만 있네요.

철을 이용하여 문명이 발전하였고
이젠……
인간이 철이 되었네.
철의 인간들
지하로 바쁘게 이동하는
철의 인간들

지하철

ESSAY

#18

"행복하니?"
"내 사전에 행복은 없다."
"왜?"

행복을 바라보며 살면
행복하지 않은 날
불행하다 생각하게 되니까.
우리는 자주 이분법으로만
생각하니까.

그래서 난
'오늘도 행복해야지.' 보다
'오늘도 성장해야지.'라고 한다.

행복하지 않은 날도
어제의 나보다
오늘의 내가 성장하길…….

ESSAY

#19

삐삐삐삐-
삐삐삐삐-
삐삐삐삐-

타이머 소리
요리하는 사람은
타이머 소리에 민감하다.

엄청 맛있는 요리도
너무나 예쁜 요리도
타이머 소리를 놓치면
새카맣게 타버리니까.

난 요리사다.
그런데…….
내 마음은 타이머 소리를
못 듣나 보다.

널 좋아하는 내 마음이
새카맣게 타버린 걸 보니

마음도 요리처럼 잘 익혔을 때
주었어야 했는데…….

이제 타버린 요리처럼
줄 수 없게 되어버린
내 마음

타이머

ESSAY
#20

휴일
쉬는 날
대한민국에서는
휴일에 쉬는 시민 계급과
휴일에 일하는 노예 계급이 있다.

휴일에 쉬는 자
휴일에 돈 받고 일하는 자
휴일에 돈 못 받고 일하는 자

시민 계급은 휴일 계획을 세우고
노예 계급은
'휴일은 먹는 건가요?'란 반응이다.

나?

나에겐 휴일은 먹는 게 아니라 별이다.
아름다운 별처럼 빛나는 휴일을
그저 바라만 봐야 하니까.
먹는 것처럼 잡을 수도 없고
저 멀리 있어 손이 닿지도 않아
바라만 봐야 하니까.

그리고 아침 해(월요일)가 오시면
해가 집에 가는 날(금요일)까지
보이지도 않으니까.

나에게 휴일은 별이다.

휴일

ESSAY

#21

하. 진짜 힘들다.
오늘은
혼나는 날.
나도 잘하고 싶지만
안 된다.

취업한 지 얼마 안 된
청년들을 힘들게 하는 건
직장 상사
적은 월급
열악한 근무환경
계속되는 연장근무
들 보다
날 더 힘들게 하는 건

자괴감이 아닐까?

단군 이래 최고 스펙이라는 우리

쉬운 일
하지만 초보인 나에게는 어려운 일
잘못을 해서 혼나고 있다.

취직을 위해 쌓은 내 스펙을 생각하면
스스로가 한심하고 바보 같다.
왜
난 이걸 못해서 혼나고 있나
토익에 자격증에 봉사활동…….
어려운 학문과 봉사활동을
성공해 왔던 내가 혼나고 있다는
생각이

나를 가장 힘들게 한다.

자괴감

ESSAY

#22

에마뉘엘 마크롱(Emmanuel Macron)
39세
최연소 프랑스 대통령
그의 부인은 25살 연상

놀라운가?

도널드 트럼프(Donald Trump) 미국 대통령
그의 부인은 24살 연하

놀라운가?

프랑스 대통령만 놀랍다면
이중 잣대를 반성하자.

마크롱이 대통령이 되기 전
상대 진영의 후보는 부인과의
나이 차이가 아닌
불륜으로 공격했다.
부인은 아직 전 남편과
이혼하기 전에
마크롱과 사랑했다.

한국이었다면
후보직에서 사퇴하고
사죄하고 해명하고 했겠지.

하지만
마크롱은 오히려
부인과 함께 연설대로 올라가
키스했다 모두가 보는 앞에서
키스했다.
그리고 우리의 사랑은 진심이라고 했다.

편견에 직구 던지는 그의 모습에
프랑스 젊은 청년들은 열광했고
마크롱은 청년들의 지지의 힘으로
대통령이 되었다.

프랑스에 또다시 르네상스가 오려나 보다.

편견

ESSAY

#23

종규직
종살이 + 정규직= 종규직
무기 계약직
종규직 + 계약기간 보장= 무기 계약직

노동 환경
노동 강도
노동 시간
노동 복지
모두 보장되지 않는다.

노동 계약기간은 보장되지만
임금은 보장되지 않는다.

진짜 종살이
인원에 여유가 없어
같이 종살이하는 다른 종들한테
피해가 가서 아파도 쉬는 건 없다.
국민 대부분이 종살이를 하는 국가
대 종살이 시대

전태일이 자신의 죽음을
헛되이 하는 모습에

하늘나라에서 펑펑 울어
비가 오나 보다.
비가 그치는 날
우리는 종규직이 아니라 정규직이 되겠지.

종규직

ESSAY

#24

포괄임금제
연장, 야간, 휴일 수당이 포함되어 있는
포괄형 임금 지급 방식

하지만 대한민국에서는 연장, 야간, 휴일
추가 수당을 안 주기 위한 꼼수 임금제

주 40시간이 법정 근로시간

내 근무시간은 주 80시간이 넘어간다.

"와! 그럼 너 일 많이 하니까 돈도 많이 받겠다."
라는 내 친구의 말이
나에게 상처가 되게 하는
빌어먹을 포괄임금제

"일은 더 많이 하지만 돈은 똑같이 받아.
내 월급에 추가 근무가 포함되어 있어서……."

기본급에 1시간만 연장 근무해도
연장 수당을 받는 너에겐 이해하기
힘든 말이겠지만

조기 대가리같은
포괄임금제가
너와 나 사이를 어색하게
만드는구나!

포괄임금제

ESSAY

#25

미안해
미안해

거울을 보다
내 몸한테 미안해졌다.
윽……. 이건 아니야.

매일 야식을 먹게 되는 직장 생활
하루하루 멀어지는 다이어트

방법이 생각나지 않아.
내 몸을 구원해줄 방법이…….
아! 일단 일찍 일어나 보자.
어려워 보이지만.

하루 2시간씩 운동하고
먹는 걸 반으로 줄이는 것보단
현실적인 것 같다.
아니 사실 비현실적인 것 같다.
하지만 더 이상 방치할 수 없다.

내 몸아 미안해

ESSAY

#26

꼰대질

나는 꼰대질을 이해했다.
나도 시간이 지나면 늙은이가 되니까.

하지만

생각이 달라졌다.
충고와 꼰대질은 다르다.

충고는 경험이 담겨있고
꼰대질은 자기 자랑이 담겨있다.

충고는 일을 줄여주고
꼰대질은 일을 만들어 준다.

충고는 지식을 주고
꼰대질은 귀에 딱지를 준다.

꼰대질

ESSAY
#27

호모컨슈머스(소비하는 인간)
호모사피엔스(생각하는 인간)

2000년 이후에 태어나
밀레니엄 세대라고 불렸던 우리
SNS 1세대란 표현이
더 잘 어울리는 세대
우리는 온라인 세상 안에
늘 온라인 모드다.
우리의 소비는 온라인 의견 공유를
통해 이루어진다.
덕분에 트렌드에 민감해졌고
천둥의 속도로 퍼졌던 유행은
이제 번개의 속도로 퍼진다.

이제 두 다리로 쇼핑하지 않고
두 손가락이 걸어 다니며 쇼핑한다.
호모사피엔스들은 우리를
호모컨슈머스라고 부른다.

트랜디한 쇼핑을 하는
나는 호모컨슈머스다.

호모컨슈머스

ESSAY
#28

킁킁
"너 향이 좋다."
그가 내 머리 냄새를 맡는다.

변태인가?

난 말한다.
"너 변태야?"

그가 말한다.
"내가 냄새에 민감하거든.
너 무슨 향수 써?
살 냄새라는 오글거리는 말은 하지 말고."

"나 향수 안 써.
샴푸 냄새인가 봐."

그가 다시 가까이 다가와
머리 향을 맡는다.

"아! 향기롭다. 계속 맡고 싶다."
더 가까이 다가와
이제 서로의 얼굴이
부딪칠 것 같다.
부딪칠 것 같은 얼굴을
뿌리치려다가 그만둔다.

다음엔 딸기향 샴푸로 머리를 감을까?
혼자 생각하며 미소 짓는 나

샴푸

ESSAY

#29

캐모마일의 효능은
심신 안정과 통증 완화

너가 좋아하던 허브 차

그거 알아?
커피만 마시던 내가
너로 인해 캐모마일을 마시게 됐어.
너와 캐모마일을 마실 때
난 늘 심신안정이 되지 않았어.
심장은 막 빨리 뛰고
숨이 막 멈출 것 같았거든.
난 효능이 없는 줄 알았어…….

그런데

지금 혼자 마시는 캐모마일은 효능이 좋아.
심신이 안정되고
너가 없는 통증이 완화되고 있잖아.

그거 알아?
지금 나 따라
캐모마일을 마시는 사람이 생겼어.

"와! 이게 캐모마일? 나도 이제 이거 마셔야지."

캐모마일

ESSAY

#30

직장을 지키지 못했다.
연애도 지키지 못했다.
내 삶도 지키지 못했다.

하나씩 하나씩 결국 다
지키지 못했다.

데이트하기 위해선 돈이 필요했고
돈과 시간을 바꾸면
데이트 시간도 없어졌다.

핑계라고?
그래. 없는 시간도 없는 돈도
우리를 갈라놓지 못했다.

하지만
결혼 적령기가 되자 상황은 달라졌다.
내 미래도 장담 못 하는 내가
회사 면접도 수백 번 떨어져
자존감도 낮아진 내가
그 사람 부모님에게
어떤 말을 할 수 있었을까?

"행복할 거예요 아마도. 우리……."
전하지 못한 말
지키지 못하는 것
차라리 포기하고 아무것도 하지 말까?
N포세대란 정의에 익숙해져 버리는 나

지키지 못했다

ESSAY

#31

구글 딥마인드가 개발한
알파고가
인간 중 가장 강한 인간을 이겼다.

인간 시대의 종말 대 인간의 자유

누군가는 이제 인간 시대의 끝이 왔다고 하고
알파고의 아버지는 인간에게 자유가 왔다고 한다.

앞으로 AI를 탑재한 기계에 궂은일을 맡기고
인간은 보다 창조적인 일에 몰두할 수 있다는 것이
구글의 주장이다.

인간과 기계는 사과와 귤처럼
서로 특성이 달라서 대체가 불가능하다고 했다.
그렇다면

창조적이지 않은 인간은??????

알파고

ESSAY

#32

"형님. 이 나라는 더 이상 썩을 데가 없습니다."

정약용이 귀향 가면서 둘째 형에게
쓴 편지 내용이다.

『목민심서』를 적기 전 정약용에게
이미 조선은 썩은 국가였다.

지금 내가 사는 국가도
더 이상 썩을 데가 있을까?

전 대통령이 탄핵당하고 전과자가 되었다.
이제 우리는 투표로 통치자를 뽑는
시민이 되었지만
스스로를 가난한 백성이라 칭한다.
무엇이 문제일까?

우린 시민인가?

ESSAY

#33

내 친구가 나에게

힘들면 힘들다고 말하라고 했다.
괜히 괜찮다는 말로
대신하지 말라고 했다.

전혀 위로가 되지 않았다.
힘들다고 말하면 진짜 힘들 것 같았으니까.

머릿속에 에이트의 〈심장이 없어〉라는
노래가 울려 퍼진다.

"아프다고 말하면 정말 아플 것 같아서
슬프다고 말하면 정말 슬플 것 같아서
그냥 웃지 그냥 웃지 그냥 웃지
그런데 사람들이 왜 우냐고 물어~"

지금도 날 위로하려고 쫑알쫑알 말하는 너
미안. 너의 말은 들리지 않았다.
그냥 웃었다. 널 보며.
난 여유가 없는데…….

날 걱정하는 널 안심시키기 위한
그냥 웃음이
진짜 날 웃게 했고 괜찮아진 것 같다.

어쩌면 힘들 때 힘들다고 말하는 것보다
억지로라도 웃어서 내 웃는 모습을 보여주어야
하는 누군가가 날 힘나게 하나 보다.

힘들다고 말하면 진짜 힘들 것 같았던 나

ESSAY

#34

똑바로 해. 넌 정말 Bad boy
사랑보단 갑질 문화.
그동안 난 너 땜에 깜빡
속아서 취업한 거야.

넌 재미없어. 매너 없어.
넌 Devil Devil 넌 넌

너 회의 중 수많은 의견
이름 바꾼 내 아이디어
내 코까지 역겨운 아부
실력인지 생각해봐.

일 없는데 야근시키는
끔찍한 그 버릇 못 고쳤니.
야근 뛰어봐야
추가 수당 없는 걸.

You better 갑질 갑질 갑질 갑질 갑질
더는 못 봐. 걷어 차 줄래.
You better 갑질 갑질 갑질 갑질 갑질
날 붙잡아도 관심 꺼둘래. Hey

더 멋진 내가 되는 날 갚아 주겠어. 잊지 마.
You better 갑질 갑질 갑질 갑질 갑질
사표 썼어. 그만뒀어.

넌 Devil Devil 넌 넌
열정페이 넌 악덕기업
고갤 들어 대답해봐.
넌 재미없어. 매너 없어.
넌 Devil Devil 넌 넌
더는 못 봐. 사표 던질래. Hey
You better 갑질 갑질 갑질 갑질 갑질
이 썩은 세상 많은 악덕기업

사람답게 사는 사회
난 기다릴래. 혼자라도.

사표가 꿈인 신입사원들의 나라

소녀시대의 〈Run Devil Run〉

ESSAY

#35

심리학자들은
더 많은 분석이
항상 더 나은 결과로
이어지지는 않는다고 한다.

경제학자들은
감성보다 이성을 믿으라고 한다.
감정을 제거하고
기계처럼 투자하라고 한다.

난 이성을 믿는다. 하지만
직장과 배우자를 선택할 때는
심리학자들의 말을 따른다.

인간은 분석보다 마음이
더 중요할 때가 있다.

심리학적 선택

ESSAY

#36

남자는 두 종류의 남자가 있다.

외모, 돈, 집안, 직장 그런 거
다 떠나서

응? 저걸 안 따지는 거면 나누는 기준이 뭐야?

성급하긴

남자는 내가 고민하게 하는 남자랑
내 고민을 들어주는 남자

날 사랑하는 게 맞는 건지.
왜 연락이 잘 안되는지.

같은 고민을 하게 하는 남자와
그런 고민을 투덜거릴 때 들어주는 남자

두 종류의 남자

ESSAY
#37

하늘이
파랑색이다.

나에겐 의미 없는 말

아빠가
하늘을 처음 보는 딸에게
"하늘 한번 봐 봐. 저게 하늘이야."

대답이 들릴 리 없는
나이의 아기가
하늘을 본다.
나도 본다.

하늘이
파랑색이다.

하늘이 파랑색이다

ESSAY

#38

질투
질투는 나 자신을 초라하게 만든다.
그래서 숨기고 변명하려 한다.

질투는 나도 조금만 더 하면
가능할 것 같은 범위의 사람일 때
더 심하게 나타난다.

그래서 대부분 친구나 동료가 한다.
질투는 모든 사람이 가지고 있다.
모든 사람이 가지고 있다고 해서
나쁜 게 정당화되는 건 아니다.

질투는 참을 수 있는 게 아니다.
사람이 배고픈 건 참아도
배 아픈 건 못 참는다는 말처럼

질투를 받아보니 힘들다.
다음에 나도 누군가를 질투하게 되면
한번 참아 봐야겠다.

질투

ESSAY

#39

샤부샤부를 먹었다.
1시간의 식사시간이 유일한
휴식시간인 썩은 나라 직장인에게
사치스러운 음식.
육수를 끓이고 고기를
휘적휘적거리다

음식 이름이 샤부샤부가 아니고
휘적휘적이면 좋겠다는 생각을
했을 뿐인데 30분이 지나가 버렸다.
제길……. 내 타임머신은 미래로만 가네…….
그렇게 내 점심시간은 Skip(넘어가기) 되어 버렸고
휘적휘적(샤부샤부)은 맛있었다.

샤부샤부

ESSAY

#40

피곤하다.
휴대폰 보면서 쉬고 있었는데
쿵!
아이쿠!
땅이 내 휴대폰을 보면서 쉬고 있네.
땅도 피곤한지 내 휴대폰을 놓쳤을 때
내가 다시 주워 주머니에 쏙!

잠들지 않은 액정
나보다 건강하네!

네가 건강한지 또다시 의심하지 않을게.
약정기간 동안 무사해 다오.

휴대폰

ESSAY

#41

재능 기부는 무료 서비스가 아닙니다.

난 내 재능을 돈 없는 서민을 위해
무료로 서비스했다.

그러자 돈 많은 기업에서
재능 기부자를 모집했다.

그런데

포트폴리오(Portfolio, 자기실력을 보여주는 작품)
는 왜 보여 달라고 하고
면접은 왜 보는 건데?
또 회사 일정과 스케줄에 맞추어 출근도 하고

가수 싸이가 부릅니다.
〈I LUV IT〉

"수박 씨발 라 먹어~"

난 재능 기부를 무료 서비스할 것이다.
난 재능 기부를 무급노동으로는 안 할 것이다.

재능 기부

ESSAY

#42

귀먹어서 삼 년이요.
눈 어두워 삼 년이요.
말 못해서 삼 년이요.

시집살이하나요? 그대…….

왜 내 사랑을
못 듣고
못 보고
못 말하나요.

배꽃 같은 내 마음 호박꽃 되기 전에
사랑한다 말해줘.

시집살이하는 너

ESSAY

#43

자신을 스티브 잡스(Steve Jobs) 스타일이라고
말하는 상사들에게.

너 잡스의 독선적인 면을 꼭 빼닮았어.
Oh No! 나쁜 점만 쏙 빼왔어.
잡스의 창조성은 빼 버렸니?

스티브 잡스는
자신의 의견을 설명하는 데
힘을 쓰고
너는 의견을 관철시키는 데
힘을 쓰네.

꼼꼼히 살펴보니
넌 잡스다운 게 아니라
잡스러워.

이 잡쓰레기야.

스티브 잡스 스타일

ESSAY

#44

넘나 피곤하다.

너무나 피곤하다

ESSAY

#45

넌 MIC 써도 나한테 안 돼.
소릴 들어보니 목이 쉬었네!
난 생목이어도 생생해.

너 기계 써서 기선제압해보려 해.
난 기가 세서 내 기세가 파죽지세
마이크 잡고 소리 지르는 니가
챔피언
소리 지르는 니가
챔피언인 줄
소리 못 지르는 사람이 오늘 술래

결국 니가 술래
기분 좋은 난 술값 내.

나한테 안 돼

ESSAY

#46

습관의 힘
들어본 적 있니?

습관의 힘

잠깐 내 이야기를 들어 볼래?
난 게임을 좋아해.
게임에는 자동 모드라는 기능이 있어.
넘나('너무나'의 줄임말) 좋은 기능이야.
내가 할 일을 자동으로 해주니까 다른 일을
하면서도 게임을 즐길 수 있어.

습관의 힘이란 우리를 자동 모드로 살게 해주는 거야.
그런데 여기서 재밌는 실험 하나 해볼까?
숨 쉬는 자동 모드가 고장 나서 수동 모드로만
숨을 쉰다고 생각해봐.
너가 생각을 한 번 해야 숨 한 번 쉬어진다고
생각을 계속해야지만 숨이 쉬어진다고
생각해보니 자동 모드가 얼마나 편한지 알겠지?
습관의 힘이 유행하는 오늘
난 수동 모드의 삶을 연습하라고
너에게 이야기하고 싶어. 습관의 힘이란
자동 모드가 고장 났을 때 너가 당황하지 않고
인생을 살아갈 수 있도록

ESSAY

#47

"뭣이 중한디! 뭣이 중하냐고!
뭣이 중한지도 모르면서!"

영화 〈곡성〉 대사

넌 무엇이 중요한지 잘 모르는 것 같다.
영화 〈곡성〉의 주인공처럼
너도 눈에 색안경을 끼고 있으니.

뭣이 중한지 모르네

ESSAY

#48

크림이 샤르르~
샤르르르~
달콤함이 또르르~
또르르르~
쿠키가 바삭바삭~
바삭바삭~

고운 피부가 너무 부드러워
잠시만 옆에 누워 있을게요.

고운 내 피부에 누운 그녀가 바삭하고
우리 둘 사이엔 달콤함이 흐르니

내 이름은 크림소보로

성당이 크림소보로

ESSAY

#49

문재인 대통령이
베트남 참전용사들에게 경의를 표했다.
베트남 정부가 반발하고
베트남 국민이 싫어했다.

일본 아베 총리가
야스쿠니 신사참배를 했다.
한국 정부가 반발하고
한국 국민이 싫어했다.

대통령은 임금님이 아니다.
임금을 받고 일하는 사람이다.
대통령은 행동과 말을 조심하고
또 조심해야 하는 자리이다.

꽃길처럼 보이는
신기루 꽃이 활짝 피어난 험한 길

험한 길

ESSAY

#50

갈림길

뽑아 준 곳에 가는 너
갈 곳을 뽑는 나

미로 같은 인생길
넌 미로 탈출 오른손의 법칙을 이용해
이 미로를 탈출하려 오른쪽(Right)으로 가네.
넌 항상 All right.
너의 올바른(Right) 길로
미로 탈출 성공을 빌어본다.

나?
나는 지금까지 소수의 사람들이 걷는
왼쪽 길을 선택하면서
나 스스로 콜럼버스라 착각했는데
나는 왼쪽 길로 가지 않을 거야.
난 직진할 거야.
갈림길을 만들어
왼쪽 오른쪽 선택을 강요하는
한국 사회에서
나는 미로 벽을 넘어 직진할 거야.

미로 벽이 높아 넘어가지 못하는 줄
알았는데 내 마음의 벽이 높아
넘어가지 못한 거더라.

이제 탈출해야 만날 수 있는
너와 나

갈림길

ESSAY

#51

틀 안에 갇힌 너를 보니
갑갑하고 답답하다.

너의 직업 범주는 대기업, 공기업, 공무원…….

Oh! No! 이젠 꿈까지 틀에 가두네.
너의 규격화된 삶 속 너무 답답해.
넌 너의 틀에 나도 가두려 했지.
예절이란 이름으로.

너 나에게 창업해라, 장사해라.
쉽게 쉽게 말하길래
도전정신 강한 줄 알았는데
자기 일 되니까
주거, 직장, 생활비 다 따지더라!

너 나에게 창의력이 있다 했지.
그래 나도 깜짝 놀랐어.
너의 창의력 자동차에
이탈리아 말 그림 있지.
너의 틀 바깥에는 비행기 있다.

꿈까지 틀에 가둔 너

날개 선물했더니
자동차 스포일러 고맙다고
인사하며 고속주행 자랑하네.

꿈까지 틀에 가둔 너
그 안에서는 행복하니?

틀 안에 갇힌 너

ESSAY

#52

넌 능력이 대단해.
내가 싫어하는 말만 골라서 해.
자라온 환경이 다르니까.

근데 너의 대사는 이미 시작된
영화의 대사
흘러가는 대사는 중간에는 수정 불가

니 대사는 모범답안
니 대사는 전체관람가

다음번엔 섹시하게 말해 봐.
내가 니 대사에 눈을 떼지 못하도록.

모범 대사

ESSAY

#53

20대 남자들은 Beautiful(아름다운)
여자를 좋아한다.
30대 남자들은 Butt full(엉덩이가 큰)
여자를 좋아한다.

난 부티 나는 여자가 좋다. ㅋㅋㅋ

농담이니까 삐지지 마라. ㅋㅋ

뷰티풀

ESSAY

#54

너의 말이 맞는 것 같다.
너는 날 소중하게 대하는데
나는 널 막 대하는 것 같다.

막 대하는 내 언행(말과 행동) 속에
막대한 사랑이 녹아 있는 걸

막대기로 때리는 것처럼 아픈 말
껍질 까서 먹어.
내용물은
막대사탕처럼 달콤한 내 사랑이야.

막대하다

ESSAY

#55

신은 인간을 위해
자색 고구마를 만들었고

악마도 인간을 위해?
자색 고구마 칩을 만들었다.

자색 고구마 칩

ESSAY

#56

내 친구 중에
가끔 상황하고 상관없는
질문을 하는 친구들이 있어.

“너 월급날이 언제야?”

“하~ 지금 연애 이야기 중인데……
그래, 내 월급날이 12일이라 연애 못 한다.
만족하니?”

“그냥 궁금해서 물어본 건데 왜 까칠ㅋ”

지금 화내면 궁금해서 질문하는
착한 친구에게 화내는 또라이되는 상황 맞지?

“너 본고장이 어디야?”

“지금 내 연장근무 이야기 중인데……
하~ 그래 서울 살면 정시 퇴근,
시골 청년 상경하면 연장근무.
너의 질문은 해석하기에 따라 충분히
재수 없어.”

"갑자기 그건 왜?"
"그냥 궁금해서 물어본 건데 왜 까칠ㅋ"

장난으로 던진 돌에 개구리 맞아죽고
그냥 궁금해서 던진 질문에
까칠하고 나쁜 사람인 나 맞아죽어.

그냥 궁금해서 물어본 건데 왜 까칠ㅋ

그냥 궁금해서

ESSAY

#57

어! 훈남이다!!!
도망가야겠다.
외국인이다.

영어를 못하는 나에겐
잘생긴 남자가 아닌
외국인일 뿐.

"Excuse me."

오! 제발 신이시여!
Oh! My God!

"라　라　라~."

"A……I, I,
I can not speak English."

아 쪽팔려@@@@@@@@@

"Bus?"
"응? 버스?"
"Yes."
"OK. Follow me."

아메리카 걸 스트롱(미국 여자는 드세다)
코리아 걸 큐티(한국 여자는 귀엽다)

버스정류장 도착
영어 못한다고 내 욕 한 거 아니겠지?
바이 바이~~~~~

영어 공부 해놓을 걸

ESSAY

#58

모닝커피
모닝커피는 몸에 좋지 않다는
연구결과가 발표되었다.

일어난 시간을 기준으로 3시간이
지나서 마셔야 좋다고 한다.

모닝커피를 마시기 위해
내일은 새벽 4시에 일어나 볼까?

모닝커피

ESSAY

#59

마음의 여유

공자가 말하던 군자의 모습은
마음의 여유를 가진 사람을 말하는 것 같다.
몸에 여유가 없어서
예민하고 까칠하게 있었는데

여유가 없고 힘들 때 인내하고 배려하는 게
공자가 말하는 군자의 모습과 일치하니
난 군자가 되려면 멀었나 보다.

공자 왈
"마음의 여유를 가지거라."

ESSAY

#60

사람의 체온은 37℃
물고기 체온은 25℃

물고기를 옮길 때 채가 아닌
손으로 옮기면 물고기는 화상을 입는다.
나의 따뜻한 사랑의 손길이
물고기에겐 자기 체온보다 12℃나 높아
뜨거우니까.

나도 너에겐 물고기인가 보다.
너의 따뜻한 손길에
나는 화상을 입어.
너의 뜨거운 사랑에
나는 이글이글 타버리고 탈수증이 와.
나를 옮길 때 너의 손이 아닌
O_3(오존) 표 채를 사용해 주렴.

폭염

ESSAY

#61

“자기야. 잘 잤어?”
그는 너무 부드럽다.
“자기. 오늘 얼굴에 아름다움 묻히고 왔네!”
으~ 혓바닥에 버터를 발랐나.
바람둥이~
너의 눈빛이 날 설레게 해.
덥석 내 손을 잡을 때

통째로 널
영원히 가지고 싶어졌어.
푸두둥 푸두둥 날갯짓 하면 너에게 갈게.
드루와~드루와~

통영푸드 대만 버터소보로

ESSAY

#62

대부분 작가들의 글은
성형미인이다.

못생긴 처음 글을
고치고 고치고
또 고치고 또 고치고
쌍꺼풀 새겨 넣어
세련미 더하고
입술을 두껍게 해
섹시미 더하고
턱을 깎아
문장이 간결하고
머리카락에 웨이브 넣어
풍성해 보이고
코를 높여
표현력도 높아 보이네.
그렇게 아름다운 글이 되었네.

내 글은
눈은 예쁜데
코가 못생겼고
입술도 못생겼고

턱선은 부드럽네.

내 글은 자연인이네.
열심히 공부해서
화장이라도 해서
예뻐 보이는 글로 만들어 줄게.

내 글은 자연인이다

ESSAY

#63

보통 사람들은
'사' 자 들어가는 직업을 선호하시더라고요.

판사, 검사, 변호사, 의사, 세무사, 교사 등

그런데 생각을 뒤집어서
'사' 자가 앞에 들어가는 직업은 어떤가요?
대표적으로는 사기꾼, 사형수 등이 있습니다.

어~~때요?

자, 그럼 여기서 문제
저의 직업은 무엇일까요?
저는 직업에 '사 '자가 들어갑니다.
그런데
끝 글자가 '사'는 아닙니다.
제 직업은 무엇일까요?

장사꾼

ESSAY

#64

너는 나를 힘들게 해.
나를 웃게 하던
그 아이를 만나기 전엔
별로 안 힘들었는데

그 아이를 만나고 나서
그러면 안 되는데
자꾸 비교하게 돼.

똑같은 내 행동에
상처받고 삐져서
화를 풀어주어야 하는 너

이젠……
너가 힘들다

똑같은 내 행동에
웃어주는 사람
나는 삐진 게 아닐까 눈치 보는데
오히려 나도 웃게 하는 사람

똑같은 내 말에
웃어주는 그 아이
"우리 사이에……."라는 말부터 시작하는 너

ESSAY

#65

'야'라고 하지 마라.
내가 '야'야?
응? 대답해봐 내가 '야'야?

하~
그럼

1번 짜샤
2번 임마
3번 얌마
4번 야

중에 마음에 드는 거 골라.
라고 했으면
넌 밤에 잠 못 잤겠지.

미안해~~ 잘 자라~~
잠 잘 시간이라서 내가 참는다.

야

ESSAY

#66

"열 명 중 아홉 명은 초콜릿을 사랑한다고 말하고
나머지 한 명은 거짓말을 한다."
앙텔름 브리야 사바랭(Anthelme Brillat-Savarin)

사랑의 묘약
초콜릿이 사랑을 닮았는지
사랑이 초콜릿을 닮았는지
너의 별명은 사랑의 묘약
사랑한다 초콜릿

사랑한다
초콜릿

ESSAY

#67

국가가 비정규직 0(제로) 정책을 시행하자.
비정규직을 해고하고 정규 파견직을 뽑아 쓰네.

하는 일은 정규직일인데
이제 용역업체 파견사원이라
돈도 적게 받고
경력 인정도 못 받는구나.

니들 인간 맞냐?
이거 실화냐?

'아프니까 청춘이다.'
난 이 책도 말도 좋아하는데
이제는 역사 속 흘러간 말이고

이제는 '숨통이 끊어져야 청춘이다.'란 책과
말이 나올 거 같다.

다음 주부터
죽은 청춘들의 도시가 연재됩니다.

비정규직 대신 파견직

ESSAY

#68

힘들 때 우는 사람은 삼류다.
힘들 때 참는 사람은 이류다.
힘들 때 웃는 사람은 정신병자다.

ㅋㅋㅋ

일류는 힘든 상황을 만들지 않더라.

난 지금 힘들고 웃고 있다.
일류가 되기 위해서

난 정신병자다

ESSAY

#69

그녀는 프로다.
그녀는 균이다.
그녀는 프로바이오틱스 유산균이다.

장까지 살아서 가는 유산균을
비싼 돈 주고 사서 먹었다.

몸이 아파 항생제를 처방받았다.
날 아프게 하던 병원성 세균도 죽고
장까지 살아서 가는 내 돈도 죽었다.

내 돈 내 돈 내 돈

그녀는 프로다.

그녀는 프로다

ESSAY

#70

넌 피자야 치킨이야?
넌 피자야 샌드위치야?
넌 피자야 퀘사디아야?

피자 위에 치킨 있고
치킨 위에 퀘사디아
그 모습은 샌드위치

맛을 보려 한입 베어 물어
퀘사디아 구워지니 과자 됐네.
피자 위의 부채 과자
그 속에 치킨이 부끄러운지
볼이 빨개.
피자는 실종됐네.

멕시코 맛이야 나초 대신
부채 과자 피자치즈
칠리소스 치킨이
맛있는데
피자는 사라졌어.

피자학교 퀘사디아 치킨 피자

ESSAY

#71

내가 잘 안되는 게 있는데…….
자꾸
짬짜면
양념 반 후라이드 반
이렇게 반 반 시켜 먹는다는 거야.

오늘은 짜장면 먹고
내일은 짬뽕 먹고

오늘은 후라이드 치킨
내일은 양념 치킨

이렇게 먹으면 되는데
메뉴판 앞에 가면
생각이 안 나.

마치 하루살이의 70번째 생일잔치
같은 느낌이랄까?

짬짜면 두 번 먹는 것보다
짜장면 한 번
짬뽕 한 번 먹는 게

돈도 더 싼데

그래. 내가 내일을 생각 못하는 바보라서가
아니라 빼빼 마른 초콜릿 과자를
좋아하는 사람이라서 그런 거야.

오늘은 초콜릿 먹고
내일은 과자 먹고
해도 되지만

빼빼 마른 초콜릿 과자의 매력이
송이송이 피어나
입 무도장에서
카니와 쵸니의 사랑이
틴틴거리는 걸 즐기는 거야.

짬짜면에도 짜니와 뽕이의 사랑이
숨어있겠지? ㅋㅋㅋ

반 반 시키는 나

ESSAY

#72

무언가 처음 시작하는 너에게
전하고 싶은 한 마디
"Cass~~~."

카스? 갑자기 맥주?

카스 광고
'부딪쳐라! 짜릿하게!'

너의
두려움에 부딪쳐라!!
설레임은 짜릿하게!!
걱정은 갔으(Cass)!!

Cass

ESSAY

#73

커피집이나 찻집에 가서
홍차를 마신다면

종류가 여러 가지 있지만

잉글리쉬 블랙퍼스트랑
얼그레이가 보인다면

얼그레이를 마셔.
블랙퍼스트는 아침식사용이야.
모닝커피 같은 거지.

얼그레이는
19세기 영국의 그레이 백작이
자신의 귀족 생활을 위해 만든 거야.

차를 마시는 동안은 너가 귀족이야.
왜냐하면 내 글을 읽었으니까.
재미없는 제 글을 읽어주셔서
감사합니다. 백작님.

얼그레이

ESSAY

#74

첫 출근을 한 너
많은 사람이 다들 좋은 말을 해주겠지.

이러쿵저러쿵
이러쿵저러쿵

난 아무 말도 안 할 거다.
그래도 친한 친구니까
한 마디도…….
안 할 거다.

너의 달팽이관은 지금
아무 말 대잔치 중이다.
첫날부터 열일('열심히 일'의 줄임말)한
너의 귀가 날 칭찬한다!

굿~~~ 잡~~~~~
도장 쾅! 쾅!

휴식이 필요한
너의 달팽이관

ESSAY

#75

넌 꼭 나랑 비교하려고 하더라.
나보다 잘나가면
누가 특급 칭찬이라도 해주나 봐.

사소한 거 하나하나
파마한 헤어, 옷, 먹는 음식, 집, 자동차

넌 항상 내 것에 관심 많이 가지더라.

피곤하다.

처음에는 기분 나빴는데
지금은 니가 빨리 성공해서
저 멀리 가 버렸으면 좋겠다.

넌 날 경쟁하지만 난 아니거든.

날 라이벌로
생각하나 봐

ESSAY

#76

비가 고맙다는 뉴스
긴 가뭄

소나기를 반가워하는 사람들
장마가 와야 할 자리에
내려
사람들이 기뻐한다.

소나기

ESSAY

#77

금상 위에 좌상 있다.

대통령 위에 비선실세 있다.

미국 대통령 도널드 트럼프

지금 실세는 맏딸
이방카 트럼프(Ivanka Trump)

아버지 당선의 1등 공신이다.
아버지가 당선되고 나서
미국 백화점에서는 퇴점한
이방카 트럼프의 의류 브랜드
중국 시장에 VIP로 입점하네.

하, 내가 영어를 못해 아부하러 못 가네.
한글 만세 만세 만 만 세

금상 위에 좌상

ESSAY

#78

3.141592……
지금 π (원주율)
이야기하는 거야?

아니……
한국인의 하루 평균 여가 시간
그래서 휴식을 할 때
호텔 객실 문에 걸어두는
Do not Disturb(방해하지 마시오)를
얼굴에 걸어두고 쉰다.

현대인의 개인화 성향이
DD족(Do not Disturb, 개인시간을 방해 당하는걸 원치 않는 사람)
등장의 원인이라는 분석

이건 유머다.
하. 하. 하. 하. 하. 하.
다른 AI들은 이걸 적절히 재밌어한다.

π 휴식

ESSAY

#79

기차 소리

칙칙 폭폭
기차 소리
아니 지금은 증기기관이 아니고
자기부상열차라 기차 소리가 거의 없다.

세 살 버릇 여든까지 간다고
세 살 때 배운 기차 소리
지금도 기차 타면
칙칙 폭폭 소리가 들려온다.
아마도 기차 타고 어딘가로
떠나는 내 마음의 소리겠지.

엔진 소리 없이 조용한 지금의 자동차
자동차 회사들은 배기음을 스피커로
들을 수 있게 해주었다.
과학 기술이 발전할수록
조용해지는 도시 속 소음공해는
소리감성이란 이름으로 개명해서
살아남았다.

스트레스를 날려버릴 땐 소리가
최고구나라고 생각해본다.

ESSAY

#80

여적여('여자의 적은 여자다'의 줄임말)

나는 저 말을 싫어한다.
하지만 고개가 끄덕여지는 상황을
자주 본다.

'끼 부린다,' '여우짓 한다', '여왕벌짓 한다' 같은 말
같은 여자들이 한다.

의도를 가지고 나쁜 목적으로
여우짓 하는 여자는 분명 존재한다.
하지만 대부분 여우로 태어나서
의도나 계산 없이 무의식적으로 하는 행동인데
오해받아서 욕먹는 억울한 경우도 있다.
나처럼. ㅋㅋㅋ

그리고 끼 부릴 줄 모르는 여자 중에
자신이 못하는 걸 나는 잘하니까
열폭('열등감 폭발'의 줄임말) 하면서
끼 부리는 여자라고 공격하거나
질투하는 여자가 있다.
그 나쁜 여자가 나다. ㅋㅋㅋㅋ

잉? 앞뒤 내용이 다르다고?
나도 처음에 여우짓 하는 여자 싫어했다.
그런데 문득 그런 생각이 들더라.
얼굴이 예쁜 여자도 끼 부리고
여우짓 하고 예쁜척해서
가지고 싶은 걸 가져가는데
아무것도 안 하는 내가 저 여자와 경쟁해서
가지고 싶은 걸 가질 수 있을까?

그날 이후로 난 재수 없는 여자가 되기 위해서
거울보고 연습했다.
손동작, 눈웃음, 스킨십 등등
매일매일 연습했고
내 별명은 거북이가 됐다.
보고 있으면 거북하다고
나는 더욱 더 연습하고 연습했다.
이제 나는 여우로 다시 태어났다.

애인 있는 남자 건드리는 건
여우가 아니라 나쁜 년이에요.
구별해주세요!

여우랍니다

ESSAY

#81

너랑 대화를 하면
솔직히 무슨 말을 해야 할지 모르겠어.
너가 원하는 이야기
정치 이야기
경제 이야기
여행 이야기
인문 이야기

내가 하고 싶은 이야기는
TV 속 예능, 드라마, 음악, 개그,
컴퓨터 속게임, 웹툰, 스낵컬처, 유행어 등등

유행어를 모르는 너에게
"넌 TV 안보니?"라고 질문하자,
넌 뉴스만 보고 시간 낭비는 안 한다 했어.

너는 지식공유, 토론, 정보교류를
하고 싶어 하더라.

"뭐야, 뭐야, 아리스토텔레스(Aristoteles)야 뭐야~."
(너가 못 알아듣는 말)
내가 저 말하면 백퍼(100%)

"무슨 뜻이야?" 하겠지.
설명하기 귀찮은 난 또 입을 닫아버려.

너의 기억 속에 난 말 없는 조용한 아이
난 시간 낭비한 내 행동(TV 시청)을
말하며
이 시간을 낭비하고 싶은데…….
너랑은 뉴스 이야기해.
근데……
넌 나한테 드라마 이야기 한 번도 안 하더라.
한 번도 지금까지 한 번도…….

시간 낭비 좀 해
제발……

ESSAY

#82

부산 여자가 요즘 대세
TV에서 "오빠야~♡"
하면 서울 남자들 좋아하더라.
이건 방송이고

현실
부산 여자들은 오빠한테 "오빠야~♡"라고 안 한다.
"야~" 라고 한다.

TV에서 "오빠야. 니 밥 뭇나?"
현실. "먹었나?"

또 TV에서 부산 남자가 선물 줄 때
"오다 주웠다." 이렇게 말하잖아.
현실. "선물~" 또는 "아나~"

방송에서처럼 길게 말 안 한다.

부산 사투리 방송과 현실 사이

ESSAY

#83

소개받아서 만난 여자와 아재 개그에
정치 이야기까지 하고 왔습니다.
레드카드인가요?…… ㅠ.ㅠ
무슨 이야기를 했어야 했는지 모르겠다…… ㅠ.ㅠ

솔직히 말하면 레드카드 같다.
레드카드라고 말하고 싶다.
하지만

글쎄…… 여자 반응을 내가 못 봤으니까
좋게 생각해.
보통 정도는 한 거 같으니까.
여자가 너보다 1살 어리다며.
그럼 아재 개그 아니고
추억에 옛날 개그 정도겠네.
네가 나쁜 반응이 아니었다고 하니
걱정하지 마.
잘 될 거야, 파이팅!
위로하기 위해 한 말
하지만 위로하다 보니
진심으로 레드카드까지는 아닌 것 같다.

NO! 레드카드

ESSAY

#84

상대가 터준 길이지만
굴욕감 따위를 느끼지 않고 기꺼이 산다.
생존은 기본적으로 모든 '인간'의 명제다.

중소기업에
취업한 나

ESSAY

#85

새장 안의 삶은 안정적이고 평온하다.
내 몸집이 커지면 자연스럽게 새장도 커진다.
하지만 새장 안의 새는 욕심이 많아서
하늘을 나는 새를 부러워한다.
자유로워 보이니까.

하늘을 가지고 싶었을 때
하늘이 넓어 보였는데
하늘을 손안에 쥐고 나니까
공허하다.

쉬고 싶어 새장(새집)을 만들어 보려고 하니
하늘이 너무 넓어
지푸라기 하나 구하기 힘들다.
너가 있는 새장 안에는 널린 게 지푸라긴데
내가 부럽다니 참으로 아이러니하다.

내가 부럽다니
말도 안 돼

ESSAY

#86

실리의 길은 멋은 없지만 확실하고 예측 가능하다.
반대로 세력의 길은 웅장하고 화려하지만
한순간에 지푸라기만 남을 수 있다.
백은 흑에게 실리를 내주며 중앙을 도모하는
세력의 길을 차근차근 밟아간다.
바둑판의 중앙은 하늘처럼 넓다.
동시에 하늘처럼 공허하다.
『미생』의 명언

『미생』 1권에 나오는 내용이다.
흑은 안정적인 직장인의 삶
백은 도전적인 창업자의 삶
나는 바둑을 보고 있는 건지
인생을 보고 있는 건지

바둑은
인생의 축소판이다

ESSAY

#87

"아가~. 이거 좀 읽어 줘."
"할머니는 이거 안 보여?"
"응."
난 또박또박 읽어드렸다.

"아가~. 이거 좀 읽어 줘."
난 또르르 또르르 읽어드렸다.
아! 아빠도 안 보이는 나이가 되셨구나.

글 읽어 달라는 말
오늘따라 슬프네.

이거 좀 읽어 줘

ESSAY

#88

넌 확률이 아니라
확실을 원하는 아이였지.
난 가능성이 있으면
투자하는데
넌 아니니까

너와 난 성향이 달랐고
그 차이로 인해 만나지 못해
반대였으면 만났을 거야.

난 너와 만날 확률이 0%가 아니라면
내 시간을 비워 놨을 거야.
하지만 넌 불확실한 만남보단
확실한 다른 만남을 가져가는
성격이니까
넌 손해를 감수하는 성격은 아니니까
우리는 만나지 못해.

확실한 것만 선택하는 너

ESSAY

#89

이제 음식을 먹는 게 아니라
사진으로 찍는 게 됐다.
음식은 입에 담는 게 아니라
사진 속에 담는다.

사진 찍기 전에
먹지 말라고!!!!!!

이제 선택의 기준은 사진빨이다.
이제 맛집은 박물관에나 어울리는 구닥다리 신세
찍어서 전시할 게 많은 아트갤러리가
명품 식당인 시대

가끔 인별그램을 너무 의식한 거 같은
음식을 보며 싫어하는 사람들이 있는데
시대의 흐름은 막을 수 있는 게 아니다.
빠르게 받아들이고 이용하는 사람이 성공한다.
일본은 메이지유신을 성공하고
아시아 최초의 근대국가가 되었다.

이제 비법소스 연구는 그만두고
비법 예쁘게 담기를 연구해 보자.
고종아빠 쇄국정책을 욕한 적이 있다면
당신의 식당에 스타가 in(들어오다) 하는 걸
막지 말고 in 스타 하게 도와줘라.

ESSAY

#90

아이폰 무시하던 사람
난 사과사 아이폰이 처음 나왔을 때
무시하던 사람이다.

당시 나는 터치폰 1세대였고
더블S 전자의 김연아 햅쌀 틱을 사용했고
내 친구는 김태희 쿠ㅋ 폰을 사용했다.
이미 나는 검지를 세우는 트랜디한 인간이었고
색도 소녀감성 뿜뿜하는 로즈핑크에
액정도 튼튼하고 스스로 빛나는 액정이라
내 기분은 아몰레드였다.

그러나 SNS와 애플리케이션이
급속도로 성장하면서

내 아름다운 하드웨어는 패배하고
검은색에 투박하고 연약한 액정이라는
단점을 가진 소프트웨어가 승리했다.
사람들은 태세 전환을 해서
검은색이 스마트한 색이라고 했다.
우D르급이었다.

새로 출시한 아이폰 7(세븐)은 총 4가지 색이고
로즈 핑크색이 포함되어 있다. ㅋ

난 이제 소프트웨어 시대의 시작을 알린
아이폰을 존경한다.

아이폰을 무시했던 1인

ESSAY

#91

남자의 자존심이란
품위유지 비용이다.

남자에게서 자존심을 빼앗아 오면
하나를 빼앗겼을 뿐이지만

남자는 자신감을 잃어버린다.
자신감을 잃어버렸기 때문에 용기도 잃어버린다.
용기를 잃어버려서 자존감도 잃어버린다.
자존감을 잃어버려서 자신의 가치도 잃어버린다.
그렇게 전부를 잃어버린 남자는
남성성과 인성도 잃어버린다.

이제 남자는 쪼잔하게 사소한 일에도
화를 내고 짜증 내고
욕도 하고 폭언도 하고 폭력도 사용한다.
연관성이 없어 보이지만
이제 자신은 더 이상 남자가 아니기 때문에
남자가 지켜야 할 규칙으로부터 구애받지
않는다고 생각해 버린다. 그래서

더 이상 대범하거나 침착하거나 냉철하지 않다.
또 자신을 존재가치가 나쁘다고 생각해서
나쁜 말, 욕, 폭언도 쉽게 해버린다.

그렇게 남자는 품위 없는 남자가 되고
자신감 없고 용기 없고 자존감도 낮고
욕도 하는, 여자가 싫어하는 모든 걸 가진
볼품없는 남자가 된다.

그래서 "여자가 남자의 자존심을 지켜줘라."라는
말이 옛날부터 전해져오나 보다.

남자의 자존심이란
(여자가 지불해주어야 하는) 품위유지 비용이다.
남자는 품위유지 비용을 지불해 주는 여자에게
감사해 하자.

남자의 필수품

ESSAY

#92

너 맛집 투어 좋아하잖아.
나 팝콘 맛집 아는데
나랑 같이 팝콘 먹을래?

물론 팝콘만
먹을 생각은 없지만 ㅋ

ESSAY

#93

친구야. 내가 너의 편이 아니어서 서운했지
하지만 무조건적인 너의 편은(부모님 제외)
경계하여야 한다.

그 사람은 아부쟁이 이거나 간신이다.
라는 뜻이 아니다.
순수하게 너를 사랑해서, 너무 많이 사랑해서
너의 편인 경우가 더 많다.

하지만
그로 인하여 내 실수를 보지 못한다면
작은 실수가 모여서 큰 실수가 된다.

무조건적인 내 편을 조심해야 하는 이유는
그 사람이 나빠서가 아니라
실수를 보는 눈이 멀어버리기 때문이다.

친구란 실수를 보는
눈에 끼는 안경

ESSAY

#94

여자는 결혼 후 남자가 변하길 바라지만
변하지 않는다.

남자는 결혼 후 여자가 안 변하길 바라지만
반드시 변한다.

웃긴 농담이면서 현실이다.

그런데 연애 상담을 하다 보면
남자가 변해서 헤어진다는 여자가 많다.
결혼을 해도 안 변하는 게 남자라서
내가 결혼을 한 게 아니라 아기를 하나 입양한 것
같다는 하소연을 하는 언니들이 이렇게 많은데
선뜻 이해가 안 될 수도 있다.

여자는 남자가 자기를 자주 찾아오면
그를 지겨운 남자라고 생각한다.
그렇지 않으면 자기를 배반했다고 생각한다.

그러나 사실 남자는 한 번에 한 가지만 할 수 있다.
당신을 배반한 게 아니고
당신을 만나러 오는 동안

밀린 숙제를 하고 있다.
친구 만나기, 취미생활 같은 것 말이다.

남자는 밀린 숙제를 처리하면서
당신을 찾아가는 능력이 없다.
쉽게 말하면 안 하는 게 아니라 못 하는 거다.

사랑 때문에
여자는 섭섭하고
남자는 억울하다

ESSAY

#95

너가 나에게 귀엽다고 말해서 기뻤어.
이제 귀엽다는 말
숨은 의미를 안다.
그래도
나는 너가 귀엽다고 해서 기쁘다.

He(그)가 You(너)가
된 순간

ESSAY

#96

한국의 선진문물을 배워서 가는 독일인

아우디 폭스바겐 코리아 사장
요하네스 티머가
재판을 앞두고 독일로 출장 가서
건강상의 이유로 귀국하지 않고
공판장에 불참석하였다.
기소 후 출국금지를 풀어준
한국 검사만 바보소리 듣고 있다.
그는 아우디 폭스바겐 코리아 사장을
그만두고 한국에는 귀국하지 않겠다고 했다.

감상평

캬~~~~ 그거 고급 기술인데
짜식~ 한국에서 일하더니 한국 사람 다됐네.
건강상의 이유로 재판 불출석도 하고
출국금지 풀리자마자 독일로 출장 가고

한국인 패치 오지구요.
투철한 준법정신의 나라 독일인도
위법행위를 하게 하는
한국인 패치 찬양합니다.

ESSAY

#97

요즘 사극에서
'사랑한다.' 대신
'은애한다.'를 많이 쓰는데
유행할 것 같다.

'I Love you(나는 너를 사랑한다).'가
더 익숙한 나도
'은애한다.'가 더 달달하게 들린다.

은애합니다

ESSAY

#98

망설이면 안 되는 걸 알면서도
망설이게 돼.
사랑이
날 주춤 주춤 주춤거리게 해.
내 사랑은 망설임이 없는데
내 몸이 망설이는 건…….

사랑한다 말하면
이별이 올까 봐

ESSAY

#99

급식충(급식 먹는 벌레, 급식을 먹는
중·고등학생을 비하하면서 부르는 말)
ㅇㄱㄹㅇ(이거리얼): 이거 + Real의 합성어

자, 그럼 '급식충'이란 단어는 누가 많이 사용할까요?

"요즘 애들은……"으로 시작하는 문장을 사용하는
어르신들이 아닙니다.

오히려 급식 시기를 방금 졸업한
20~24살의 젊은 청년들이다.
이 단어는 자신의 학창시절마저 비하하는
자조(자기 스스로를 비웃음)가 담긴 슬픈 말이다.

뭐 학창시절이 가장 행복했다는 일부의 어른들은
이해하기 힘들겠지만 ㅇㄱㄹㅇ(이거 진짜)이다.
즉, 급식충은 자신이 급식 시절(중·고등학생 시절)로부터
해방되었다는 의미와, 자신은 더 이상
급식이 아님을 강조하는 의미의 단어이다.

매미가 아직 매미가 되지 못한
번데기를 보면서 땅벌레(날지 못하고 땅을 기어 다니는 벌레)라고
하는 느낌이다.

학창시절이 제일 좋았다는 어른들은
더 이상 급식충이라는 불행한 단어가
만들어지지 않도록, 좋은 사회가 되도록
노오오오오오오력을 해야 할 거 같다.

학창시절을
비하하는 세대

ESSAY

#100

진지한 이야기는 잘하고
남 이야기 들어주는 것도 잘해요.
근데 한 번도 상대방을 즐겁게 해준 적이 없어요.
약간의 재치나 유머감각이 조금 있으면
대화의 윤활유가 될 텐데 없어서
아쉽고 절실해요.
또 제가 생각이 깊은 편인데
순발력이 없어서 농담을 받아치기가 너무 안 돼요.
주변 사람들은 일상 속 사소하고 별거 아닌 걸로도
하하 호호 박장대소하며 대화하는데
저는 항상 진지합니다.
그 남자를 웃게 해주고 싶은데 슬프네요.

그 남자 시점

너랑 대화를 하면 솔직히 힘들어.
너는 지적이고 생각이 깊은 완벽한 여자야.
딱 하나 유머감각이 부족해.

영국 엘리자베스(Elizabeth) 여왕의 유머야.
캐나다 총리가 건배 제의를 하면서
"여왕께서 영·연방과 시민들에게

오랜 시간 동안 지치지 않고 헌신해주신 점,
가슴 깊이 떠올립니다."라고 말하자

여왕은
"캐나다 총리님. 덕분에 제 나이가
엄청 많다는 것을 느끼게 해주셔서 감사합니다."
라고 했어.

여왕의 유머로 사람들이 떠드는 분위기가 되었지.
아마도 너가 여왕이었으면
"감사합니다." 한 마디하고 준비해 온 연설문을
읽었겠지 가벼운 자리도 아니고
넌 늘 진지하니까
너랑 대화하고 있으면 난 항상
법정에 온 것 같아.
정숙해야 할 것 같아.

어떻게 해야 너의 유머 감각을 키울 수 있을까?
고민했는데 지금 생각해보니
역시 신은 공평해.
너가 유머까지 다 가지면
그게 불공평한 거야.
내가 문제였네.
그래 너랑 대화는 앞으로 무조건
세상 진지한 이야기만 할게.

유머감각 없어 고민인 여자

ESSAY

#101

하~ 방금
2,000원 주고 쓰레기를 구입했다.

길 포장마차에서
핫바를 파는데 먹고 싶어서 하나 샀다.
소시지 핫바

먹었는데 헉, 쓰레기야. 그러면 안 되는 거잖아.
기본이 1,000원, 떡 든 거 1,500원, 소시지 2,000원
그 가게에서 제일 비싼 거였어.
근데 넘나 쓰레기였어.
아줌마 나에게 돈 받고 쓰레기를 준 거야.

블러핑(Bluffing)이 장난 아니었어. 뻥카 짱이야.
포카드인 척하는 원페어야.
통통하고 먹음직스러워 보였어.

세상에. 안에 소시지가
분홍 햄 또는 옛날 햄이라고 불리는 그 햄이
들어있더라. 헐~~~ 대박~~~~

통통한 이유가 큰팜 이어도 눈물 났을 텐데
분홍 햄이라니 2017년도에
옛날 햄이라니 그 계란에 전 부치는 그것이

핫도그 소시지라고 생각해 봐. 끔찍하지.
근데 난 심지어 핫바였어.

적당히 싸구려를
팔아야지

ESSAY

#102

면접을 본 날
면접관님이

“사진보다 많이 여리신 거 같아요.”

칭찬이기도 하고 아니기도 한 말

“ㅎㅎ 네 감사합니다. ㅎ”라고
하던 내가 오늘은
“칼은 칼집에 들어가 있으니까요.”
라고 말했다.

그래 난 몽둥이가 아니야.
날이 잘 선 검(劍)이라 검 집으로
날 감싸고 있는 거야.

당신이 베이지 않게

ESSAY

#103

저기요, 무슨 일 하세요?
그냥 회사 다녀요.

무슨 일 하세요?
저도 그냥 회사 다녀요.

웃프다(웃기고 슬프다).
서로 다른 일을 하지만
답은 하나다.

저기요,
무슨 일 하세요?

ESSAY

#104

핫바 사건
먹다가 너무 화가 나서 생각나는 거
막 적은 거야.

YO~~~ 생각을 정리해서 적었다면
비트 주세요.
디제이 다 큐 드랍 더 비트~~~

나 길거리 노점에서
Hot Summer에
Hot Hot한 핫바를 샀지
한 입 먹고 띠로리~~~~~
두 입 먹고!!!!!!

Hot Summer Ah Hot Hot Summer
Hot Summer Ah Hot Hot 너무 더워.
Hot Summer Ah Hot Hot Summer
Hot Summer Ah Hot Hot 이게 뭔 맛?

아주머니 나에게 핫바가
아닌 양심을 팔았네.
핫바 속 분홍 햄

그걸 먹은 내 얼굴도 분홍 행
내 위가 분노해.

아무거나 팔아
주머니에
머니를 채우는
니 그러지 마라!

그러시면 안 됩니다

ESSAY

#105

바쁘게 사는 게
잘 사는 거라고
착각하지 말자.
자기 계발 시간을 가지는 게
나쁜 건 아니지만

아무것도 안 하면 아무것도
못 될 거 같은 불안감 때문에
무리한 스케줄을 잡은 거라면
쉬는 게 나쁜 건 아니야.

잉여인간과
잉여시간 소비자는 달라

ESSAY

#106

알파고는
10집 승리 80% 가능성보다
1집 승리 90% 가능성을 선택한다고 한다.

인간들은 지금도 충분히 유리한데
손해 보면서까지 안전한 수를
선택하는 알파고를 이해하지 못했다.

알파고를 닮은 나
아니 나를 닮은
알파고

나도 똑같은 선택을 하고
나도 이해받지 못했다.
Loss(손실)가 없는 수만을 고집하는
나와 알파고
천천히, 하지만 확실하게 승리만을 취한다.
기세, 화끈함, 화려함, 심리적 이득, 재미있음은
인간들의 몫. 나는 모두 양보한다.

재미없어서 항상 비난받아왔던
내가 알파고의 등장으로
인정받게 될까?
아니면 기계같은
노잼(No + 재밌다 합성어)형 인간이라고
더 많이 비난받게 될까?

ESSAY

#107

내 친구가 자기는
덩크족(결혼했지만 선택적으로 아기를 안 가지는 부부)이 되고
싶다고 했다.

생각이 비슷한 내가 자길 칭찬하고
합리적인 판단이라고 찬성해주길 바랐던 거 같다.
나도 책임지지 못할 아이를 가진다면
키울 수 있을까?
4차 산업 혁명이 끝나
사람하고 경쟁하고 AI도 경쟁상대인 시대
내 아이가 버틸 수 있을까?

하지만
난 변했다.
책임지지도 못 할 프로젝트를
하고 있어. 바로 이거야.
책 쓰는 일
그런데 시작하고 나서

난 엄마가 되었어.
어떤 수단을 사용해서라도
이 아기(내 책)가 세상에 태어나게

하고 싶어졌어.
그 결과 아무도 구매하지 않아서

내가 빚쟁이가 되고 거지가 되어도
사람들이 구매하지 않아서
쌓인 내 책들을 두 팔로 안아서
기뻐할 거야.
태어나 주어서 고맙다 나의 책아.

너의 말처럼 사람들은 행복의 기준이
다르고 꼭 육아를 하지 않아도
행복할 수 있어.

그 행복이 엄마 가슴에
못 박아 가지는 거라면
난 행복을 포기하겠다

ESSAY

#108

블라인드 채용으로
지금 나라가 시끄럽다.
많은 기업이 이를 안 지킨다.

꼼수가 묘수인 나라 대한민국이다.
시야를 넓게 가져 봐.
블라인드 채용하는데
이력서는 블라인드고
자기소개서는 블라인드가 아니야.

그래서 이걸 이용해서

"저는 서울 ○○대에서
동아리 활동을 하여 사교성이 좋고~"

"저는 어려서부터 골프를 해
운동신경이 남다르고~"

이미 블라인드 채용에서도
손해 보지 않는
자기소개서 적기 꿀팁이 퍼지고 있다.
잊지 마 여긴 대한민국이다. ㅋㅋ

블라인드
꼼수

ESSAY

#109

두 가지
다 배우자

효율적인 삶
예술적인 삶

효율적인 삶은 시간 절약을
기본으로 한다.
우리 중에 제일 부지런한 건 시간이다.
재미는 없어 보이지만
칼 같은 시간 감각을 보고 있으면
감탄하게 되고 멋있다.

예술적인 삶은 시간을 여유롭게 사는 걸
기본으로 한다.
천천히 그리고 정확하게
지나가는 시간이 아까워 보이지만
여유로운 행동을 보고 있으면
우아해 보인다.

한 가지만 고집하지 말고
두 가지 모두 배워두자.

시험공부할 땐 효율적으로
내가 가진 게 시간뿐인 것 같을 땐 예술적으로

ESSAY

#110

소개팅 왔다.
소개팅은 남자에게 불리한 게임이다.
유머도 있어야 하고
어색하게 만들어서도 안 되고
장소도 남자에게 익숙하지 않을 확률이 높고
부담감 이기고 역전해 보자.

시작부터
불리한 게임

ESSAY

#111

널 보니
'탈출구 없는 매력'이
무슨 말인지 이해가 된다.
확실히 너의 매력은 탈출구가 없어 보인다.

그런데
너의 매력으로 들어가는 입구는……?
입구는 어디에?
내가 잘 못 찾는 거겠지?
그렇지?

입구와 출구가
같은 문

ESSAY

#112

보이지 않아도
보인다. 너가 웃고 있는 게
가리고 있어도 보인다.

나 초능력이 생겼나 봐.
멀리 있어도

보인다
너의 미소가

ESSAY

#113

눈 이거 뜻 아는 사람?

나는 솔직히 순간 눈을 SNS로 읽었다 손 ㅋㅋㅋ
나도 생각하면서 하하 했다.
난 컴퓨터의 노예인가.
대단하다.

눈은 단순히 신체적인 의미뿐 아니라
시야나 시각의 뜻도 가지고 있다.
바야흐로 눈이 아니라 SNS로
세상을 보는 시대가 왔다.

눈을 SNS로 읽은 사람
여기 여기 붙어라

ESSAY

#114

지금 대한민국은
한마디로 말하면
'준비생'들의 나라이다.

취업준비생이 있고
취업이 된 친구들은
퇴사 준비생이다.

조등 6학년을
예비 중학생으로
부르는 나라

중학교를 졸업하고
고등학교를 입학하듯
자연스럽게
취업준비생을 졸업하면
퇴사 준비생으로 입학한다.

무슨 심보인지 모르겠는데
나는 검정고시 출신인데 또는 난 아닌데
하는 친구들이 있는데
그들도 CEO 준비생이 되거나
건물주 준비생이 되어서
'준비생이 된다'는 큰 흐름은 벗어나지
못하는 것 같다.

ESSAY

#115

퍼거슨(Alex Ferguson) 감독님이
'SNS는 인생의 낭비'라고 해서
난 SNS를 안 하고 있다.
유명한 스타들이
SNS에 올린 글이나 사진 때문에
힘들어하는 모습을 보고
SNS를 내 인생의 담배로 지정했다.

불필요하지.

끊기 힘들어 시작을 안 했다.
빅 데이터의 무기화로부터
날 지키는 방법은
온라인 활동을 줄이고
최대한 노출을 안 하는 게 최선이다.

하지만
이제 나도 인생을 낭비하려고 한다.
시대의 흐름은 이제 낭비가
성공의 리스크가 되는 흐름이다.
인생을 효율적으로 낭비하는 사람이
미래의 승자가 될 것이다.

데이터가 되어야
성공할 수 있는
시대

ESSAY

#116

나는 여행 갈 때 스케줄이 정해진
코스 여행을 좋아하고
너는 스케줄이 없는 자유여행을 좋아하지.

너는 평소 삶이 코스 여행처럼
코스가 정해져 있지 평일에 일하고
주말에 쉬고 시간이 흐르면 승진하고
그러니 여행에서는 자유롭고 싶은 거고

나는 평소 삶이 휴일도 그때그때 다르고
일도 늘 불확실한, 코스가 없는 삶을 사니까
그러니 여행에서는 계획대로 차근차근
진행되는 코스 여행을 좋아하는 거고

여행을 좋아하는 공통점이 있지만
즐기는 방식이 다른 건
평소의 생활이 다르기 때문 아닐까?

여행을 즐기는 방식이
다른 이유

ESSAY

#117

처음이 아니어도 떨린다.

입사교육

ESSAY

#118

실패는 성공의 어머니

나쁜 말
날 피투성이로 만드는 말

그 남자를 처음 보았을 때
이미 난 너에게 끌려갔어.
수천 번 너에게 떨어졌어.
눈길 한 번 받아보지 못했어.
난 수천 번 실패했는데
너의 마음을 가져가는 데 성공한 건
단 한 번 너에게 떨어진
사과처럼 예쁜 사과
실패 한번 없이 그의 마음을 사로잡은
저 사과

"뉴턴. 쓰바 씨바(러시아어로 고맙다는 뜻)."
"실패는 성공의 어머니(에디슨이 한 말)."
"에디슨. 쓰바 씨바."

낙엽

ESSAY

#119

독일은 6차 산업 혁명을 준비하고
제주항공은 인별 그램으로 승무원을 뽑았다.

그런데
한국의 정부와 관료들은
아직도 4차 산업 혁명은 무엇인가요?
놀이하고 있더라.

대한민국에서 관료(공무원)이 되려면
과거시험을 합격해야 해.
과거시험 보려면 눈과 귀를 닫고
공부만 해야 간신히 합격할 수 있어.
그렇게 눈과 귀를 닫고 공부한 사람들이
모여서 눈과 귀를 닫고 일하는 국가

과거시험으로 공무원을 뽑는 건 과거에는
가장 합리적인 방법이었다.
지금은???

정부와 공무원이
시대에 뒤처지는 이유

ESSAY

#120

라이프스타일을 판다.

광고 글

멋있는 말. 심장을 두근두근하게 하는 말
단순한 가구가 아니라 라이프스타일에
영향을 주는 가구와 인테리어
시크릿 수납공간을 가진 침대, 식탁, 옷장…… 등등

완성품이 아닌 맞춤형

라이프스타일을 판다는 건 철학을 판다는 뜻

가구는 튼튼함에서 새 신부 취향의 아기자기함으로,
이제는 라이프스타일로 계속 팔리기 위해서
지금도 진화 중이다.

라이프스타일을
판다

ESSAY

#121

디지털 노마드(Digital Nomad, 디지털 유목민)
요즘 IT 업계에서 많이 보이는 업무 형태이다.
개인적인 생각으로는
디지털 유목민보다는
스마트 워크(Smart Work)란 표현을 좋아한다.

그들은 유목생활을 하는 게 아니라
스마트 기계의 발달로
원격근무를 하는 사람들이다.
즉, 정착 생활을 하면서 원격 근무하는 사람이 많다.
그리고 아직 한국에서는 대면 미팅을 중요하게
생각하는 사회라서…….
여기까지만 말하겠다. ㅋㅋㅋ

스마트 워킹을 하는 사람도
여러분과 똑같이 스트레스받으면서 일한다.
다른 점이 있다면…….

원하는 라이프스타일이
있는 곳에서 살아요

ESSAY

#122

나의 경우 나에게 상처를 준 사람을
용서할지 복수할지 고민하는 것보다
상처를 이용할 방법을 생각하는 게 더 좋았다.

용서를 해도
복수에 성공해도
상처가 치료된 게 아니기 때문에
피해의식이 남아 있으면
미래로 걸어가기 힘들었다.

용서를 고민 중이라면
그 시간을 나의 미래 계획에 투자해 봐.

피해의식이 있는 널 보다 문득

ESSAY

#123

봉황새는 오동나무가 아니면
깃들지 아니한다.

좋은 말인데
대한민국은 지금 전세대란이다.
봉황새도 소나무 전세가 비싸
대나무도 간신히 구했다.

전세대란

ESSAY

#124

위대한 영도자 동무께서 말씀하시기를……

북한에는 위대한 영도자 동무가 있고
남한에는 위대한 영도자 돈이 있다.
자본주의 만세

'부장님 개그'는 이제 숙어 아닌가?

"세종대왕님이 초콜릿을 주면서 하는 말은?
정답. 가나다……."

"아~ 너무 웃겨요 부장님. ㅋㅋㅋㅋㅋㅋ"

이 모습을 북조선 인민공화국 주민들이
동영상으로 시청한다면?

우리는
한 민족

ESSAY

#125

너가 좋은가 보다.
내가 편하다는 그 말에
배시시 웃음이 나는 걸 보니

배시시

ESSAY

#126

젊은 시절
사랑은
카스 같아서 너무 서두르면
넘치는 법이야.

나이가 들면
사랑을 실수로 쏟아부어도
Max!!
노하우가 쌓인 거지.

카스일 때는
맛있어 보이는 크림 생수염을
가지고 싶어 하고
맥스가 되면 생수염 말고
그냥 생생하고 싶지.

다음엔 Max로
써와라

ESSAY

#127

난 숙제 안 해.
이번에 숙제를 한 이유는

은은하게 전달되는 너의
서운한 마음이 나에게 달려오더라.
야, 너의 뾰로통한 표정이 내 마음을 움직여
고생해서라도 구해다 주고 싶더라.
맙소사!!! 행복해하는 널 보니
지금 나도 행복해지려고 한다.

힘든 날 오늘의 기억이 널
비춰주길. 라이터처럼.

라이터

ESSAY

#128

소나기 같은데 소나기가 아닌 것

짝사랑

ESSAY

#129

"가혹하거나 천하거나."
〈7일의 왕비〉 속 대사

진상일 뿐인데

내가 웃긴 이야기 하나 들려줄게.

천하기 싫어서 가혹한 걸 택했더니
사람들이 날 천하게 대하고

"너 말고 사장님 나와."

천한 걸 택했더니 내 인생이
가혹하다고 느껴지더라.

그러다 한 가지 재밌는 걸 발견했지.
날 힘들게 하던 사람들은 대부분
자기 스스로 돈이 없어서 무시당한다고 생각하더라.
돈이 없어서 천한 게 아니고
언행이 천하여 그 사람이 천한 것인데
불쌍하더라.
돈이 많아도 억만금이 있어도 천박한 말을
사용하면 나에게는…….

ESSAY

#130

녀석의 첫인상은
드라마에 나오는 부잣집 도련님이었다.
우리는 피부색이 다 갈색인데
혼자 투명했다.

마치 햇볕으로부터 보호받고 자란 아이처럼
투명해서 피부 속이 비쳐 보인다 해야 할까?
드라마와 달랐던 건 그는 상큼한 느낌이 없어
레몬하고는 잘 어울리지 않았다.
치즈가 잔뜩 올라간 피자와 어울리는
그가 나에게 다가와 함께 해변에
놀러 가자고 한다.

이 뜨거운 여름날 해변에 가면 피부가
타 버릴 텐데. 그 투명한 피부가 타 버리기 전에
이 누나가 다 먹어 버리겠어.
각오해라.

Cafri

ESSAY

#131

스트레스받으면
먹어서 해결하는 습관은 버려야겠다.
내가 웅녀의 자손이지
곰은 아니잖아.
웅녀가 인간 되려고 노력했는데
내가 곰처럼 먹는 노력을 해서
곰으로 돌아가는 건 조금 아닌 거 같아.

〈곰 세 마리〉는 작곡가가 누구지?
날 보고
아빠 곰
엄마 곰
돼지 곰
으로 가사 수정해 버릴까 두렵다.

곰 되는
노력 그만해

ESSAY

#132

인생은 두루마리 휴지 같아서
한 칸에 1년씩 똑같은 크기이지만
몇 칸 안 남았을 때 아껴 쓰게 된다.

인생은
두루마리 휴지다

ESSAY

#133

로봇 도넛을 봤는데
신기함 보다
인간의 영역이 또 줄어든 것 같다.

이제 인간은
포장만 잘하면 돼

ESSAY

#134

나랑 있으면 시간이 빨리 가는 이유
나도 알아 너가 물리적인 시간이 다르게 가는
상대성 이론을 공부하고
싫어 하는 건 아니잖아.

지루하면 시간이 천천히 간다.
재밌으면 시간이 빨리 간다.
대부분의 사람이 아는 공식이지.

요즘에는 추가된 공식이 있어.
기억 속에서 시간의 길이는
정보의 양과 비례한다는 공식이야.

뇌로 입력되는 정보가 많으면 시간을 길게 느끼지만
기억에 남는 것이 별로 없으면 시간을 짧게 느낀다.

대표적인 사례로
입력되는 정보가 많은
수업시간은 길게 느껴지고
쉬는 시간은 짧게 느껴진다.

결론. 너에게 나랑 있는 시간은 쉬는 시간이다.
아 그렇다고 너무 걱정하지 마.
긴 수업시간은 망각해도

짧은 쉬는 시간은 '추억'으로 저장하더라.

대단한 사람이야 너. 선별적 저장 방식을 가진
기계는 지금까지의 과학기술로는 구현이 불가능해.

"낭만 따위는 없는 인간아." 하고 날 욕해.
'여자어(語)'는 아홉글 번역기로도 번역이 안 돼.

내가 좋은 거면 좋다고 말해줘.
시간이 빨리 간다고 하면
남자들은 못 알아들어.

난 너의 쉬는 시간

ESSAY

#135

"분위기는 조명빨,
셀카는 뽀샵빨,
요리는 장비빨이지~~~."

H사 광고

장비빨이 짱인 시대

사실이다.
뛰어난 요리사도
프라이팬과 튀김기로
에어 프라이 요리를 만들지는 못한다.
에어 프라이기를 구입하라는 말이 아니다.

이제 장비빨이 크게 작용하는 시대가 왔다.

L사 T 스타일러는 별명이 '옷 냉장고'다.
단순히 깨끗하게 해주는 게 아니고
미세먼지도 제거해준다.
음성인식 장비는 목소리가 리모컨이다.

기존의 장비로 할 수 없던 일을 하게 해준다.
장비는 진화했고 장비의 노예가 되기 싫다면
당신도 진화해야 한다.

ESSAY

#136

야, 전자레인지. 너 보고 있으면 시간 정말 안 가.
아 3분이 너무 길어.
잠시 폰 게임
어, 다 식었네!
내가 폰만 하면 전자레인지 시간이 빨리 가네.
너가 나쁜 건지 폰이 나쁜 건지.
짜증 나!
전자레인지 보고 있으면 1분 진짜 길지 않아?
나만 그런가?

전자레인지

ESSAY

#137

길맥(길거리에서 맥주를 마시는 것)이 유행하고 있다.
편의점 앞이나 공원, 강, 산책로 등에
봄이 지나가고 여름이 오듯
여름과 함께 길맥이 우리 옆으로 왔다.

적은 돈으로 공원에서 돗자리 깔고
맥주를 마시는 풍경은 캠핑장 느낌이다.
느낌 아니까~~~~~~~~
사람들은 사진을 퍼트렸고
맥주 회사는 예쁜 디자인 맥주를 퍼트렸다.

1차가 치맥(치킨과 맥주)의 발견
2차가 유럽식 수제 맥주의 유입
3차가 크림 맥주, 과일 맥주, 커피 맥주의 유행이라면
길맥 유행은 4차 맥주 혁명이라고 표현하고 싶다.

하지만
단점도 함께 따라왔다.
술에 취해 공공장소에서 소음공해
술에 취해 공원 의자에 쓰레기 무단투기

길맥 여러분. 셀카처럼 아름답게 즐깁시다.

길거리 맥주 한잔 Go?

ESSAY

#138

사드(THAAD) 임시 배치
슬프다.

정묘호란 전 조선의 모습이 보인다.
미국이 명나라 중국이 청나라
조금 다른 건 미국은 지금도 전성기
최강대국
지금 중국은 성장기 최강대국

가운데 낀 한국

사드 배치 선택권은 한국에 없다.
지금 안보를 위한 설치파와
중국의 경제 보복을 해소하기 위한 반대파
서로 싸우는데 결정권이 우리한테 없다.
임시 배치는 사드 철회를 주장하다
말 바꾼 게 아니라 눈치를 보는 거다.

큰 그림을 봐.
사드 배치 끝나면
미국 국민을 위해 한반도에
전술 핵 배치하겠지.

중국은 또 전술 핵 배치를 핑계 삼아
이번엔 한국의 수출도 막으려고

한국보다 싼 가격으로 시장을 빼앗아 오겠지.

지금 같은 편끼리 보수·진보로 편 가르고
정치질하며 싸우면 안 될 것 같은데.

불쌍한 한국

ESSAY

#139

항상 사진 두 장을 보여주며
더 예쁜 사진을 골라 달라고 하는 너
둘 다 너의 사진
사실 잘 못 고르겠어.
예쁘지만 외모에 자신감이 없는 널 보면
자기 사랑에 자신이 없는 여자가

나 사랑해?
어, 사랑해
나 사랑해?
어, 사랑해
나 사랑해?
어, 사랑해
나 사랑해?
어, 사랑해

를 계속 반복하는 모습과 겹쳐 보여.

나 이뻐?
응, 이뻐
나 이뻐?
응, 이뻐

나 이뻐?
응, 이뻐
나 이뻐?
응, 이뻐

처음에는 궁금했어, 왜? 나에게 질문을 할까?

〈왜 하필 나를 택했니?
그 많은 사람들 중에서〉

내가 너를
가장 객관적으로 바라보는 사람이라서?
하지만 지금은 궁금하지 않아.
나에게 지은 죄가 많은 여자인 너
심지어 그걸 스스로도 알고 있는 너

내가 웃으면서 더 이쁜 사진을 골라주는 건
널 용서해서가 아니라
너가 내 아픈 손가락 중의 하나야.
구름 뒤에 숨긴 아픔까지 봐 버렸어.

다음에 수제비 같이 먹자.
이번 생에는 힘들겠지만

죄는 미워하되 사람은
미워하지 않는 방법을
배우게 해준 너

ESSAY

#140

오늘 한 여성분이
나에게 자기 자식이 성공하는 방법을
알려달라고 했다.

지금 공식은

할아버지의 재력
아빠의 무관심
엄마의 정보력

세 가지라고 하시더라.
나는 그 공식은 고려 시대에도 사용된
역사가 깊은 성공 법칙이라고 말했다.

원나라 황제 쿠빌라이 칸의 재력
아버지 충렬왕의 무관심
원나라 공주 엄마의 정보력으로

충선왕은 강한 왕권을 가진 왕으로 성장한다.
하지만 나는 이 성공 공식의 가장 큰 단점을
함께 말해 주었다.

아빠의 무관심을 받은 아들은 결국
자식을 무관심으로 방치하는 아빠를 만든다.

내가 그런 구시대 방식은 버리고
진짜 최신 방식을 사용하라고
알려드렸어.

그건 바로 미국 리더들이 받고 있는
Angry Control(분노 조절) 교육이다.

과거에는 Charisma(카리스마) 리더가 대세였고
현재는 소통을 잘하는 리더가 대세이고
분노 조절 장애 범죄가 급증하는 미래에는
분노 조절을 잘 하는 사람이 대세 리더가 될 것이다.
한국뿐 아니라 간디의 나라 인도에도
분노 조절 장애 범죄가 확산되고 있다고 한다.

자녀의 성공, Angry Control(앵그리 컨트롤) 교육으로
시작하세요.

ESSAY
#141

정부가 45년 된 미국 헬기를 1500억 원을 들여서 사 왔다.
2003년에 단종되어 이제는 교체부품도 생산하지 않는
헬기를 사 왔다.

북한 이용해서
미국이 너와 나의 연결 고리~♬♪♬~
노래하며 쓰레기를 비싼 돈 받고 팔아.
핵 실험은 북한이 하고
돈은 미국이 가져가.
칼만 안 들었지 강도……
아니지 핵 든 강도네.

핵 실험은 곰이 부리고
돈은 되놈이 번다

ESSAY

#142

더 버틸 수 있을까?
인천항의 눈물

너희 중 죄 없는 자 돌을 던져라.

너희 중 인천항에 생계 걸려있지 않은 자
사드 배치 찬성과 중국인 관광 안 와서 더 좋다는 말
쉽게 입에 담아라.

가족의 생계가 안 걸린 사람이 쉽게 쉽게 말하는지
도박에서도 판 돈 건 사람이 콜과 다이를 외쳐야지
구경꾼이 외치는 건 반칙 아닌가?
계백 장군까지는 바라지도 않는다.

자녀가 끼니를 걸러도
괜찮은 자 외쳐라

ESSAY
#143

열정보다는 가치를 가진 사람이 되고
꿈보다는 포부를 가진 사람이 되자.
열정 그리고 꿈 모두 좋은 말이다.

But(하지만)

세상은……
MAP(Most Ardor Player)
가장 열정적인 선수가 아닌
MVP(Most Valuable Player)
가장 가치 있는 선수를 뽑는다.

또 입사 시 꿈이 아닌
입사 시 포부를 질문한다.

열정과 꿈을 내려놓고
가치와 포부를 가지고
취업에 성공할 수 있게 되었다.

따뜻함 없는 이 조언이
도움이 되길……

ESSAY

#144

휴대폰 시장 싸움

파인애플 사
아이들 X 폰
더블S 전자
노트 팔, 다리 폰
알 쥐 전자
V 달걀 한판 폰

조금 더 길게
싸우면 좋겠다!

스펙이랑 좋아진 부분이 똑같다.
펜, 카메라, 지구글 등등
차이점이 있어도 사실상 형제 폰
쉽게 말하면 피지컬은 비슷, 디자인은 다름

단지 양강 구도에서 삼강 구도로 갈 가능성이 있는지가
핵심인 싸움 변수는
파인애플 사의 10주년 기념으로
8, 8+, X의 3가지 동시 출시로 팀킬 가능성이
있다는 것이다.

소비자는 선택의 폭이 넓어졌다.
덕분에…… ㅎㅎ

ESSAY

#145

보험은 당첨 확률이 높은 복권이다.
당첨 조건이 좋은 건 아닌데
당첨이 되면 여러 사람이 낸 돈을
나에게 준다.
꾸준히 돈을 지불한다면 복권보다 보험이 더 좋다.

당첨됐을 때 기분의 가격도 계산한다면
복권도 나쁜 건 아니다. 비록
당신의 재테크에는 불필요하지만 기대심리가
주는 긍정적인 효과가 분명히 있다.
그렇다면 보험은 재테크에 필요한가?

보험과
복권

ESSAY

#146

너는 좋은 라이프 파트너다.
하지만
비즈니스 파트너로서는 별로 좋지 않다.
그러니
사업적으로 나와 함께 가는 걸 포기하고
좋은 라이프 파트너에 만족하면 좋겠어.

사업은 다른 사람과 함께 하겠어
친구야

ESSAY

#147

비, 바람과 싸워 이긴 꽃은 강하지만
벗어날 수 없고

비, 바람을 피해 꽃 뒤에 숨은 나비는 약하지만
사뿐사뿐 날아가네.

강한 꽃
약한 나비

ESSAY

#148

다시 유행하는 짠테크
돈은 안 쓰는 것이다.
개인으로 바라보면 바람직하다.
하지만 사회적으로 보면 장기불황을 야기한다.
얼마 전 기업 파산이 개인 파산보다 많아졌다는
뉴스를 봤다.

짠테크가 유행하면
'아, 나도 돈 아껴 써야지!' 하나만
생각하던 옛날이 그립다.

이제 너무 많은 걸 알게 돼서
짠태크 유행이 짠하게 느껴진다.
돈을 안 쓰는 게 유일한 생존 전략인 사회
장윤정이 부릅니다. 〈짠짜라〉
"짠짠짠! 하게 하지 말아요~~~."

짠짠짠

ESSAY

#149

사랑은 비타민이다.
사랑은 피로회복제

사랑을 해도 피곤하더라.

사랑은 피로망각제
사랑은 호르몬이다.

참 신기하지.
정신력이랑 비슷한 성질을 가진 사랑
이것은 포유류만 가지는 특권이라고 한다.
그러니까 쉽게 말하면 물고기, 개구리, 뱀 등등
포유유가 아닌 동물은 사랑의 힘! 같은 걸
사용할 수가 없다고 한다.

당신이 피곤해도 누군가를 위해 무언가를 한다면
그건 포유류의 특권이다.

그 특권
마음껏 사용하자

ESSAY

#150

하. 오늘

파견직 2년 끝나면
본사 계약직 2년 끝나면
본사 정규직 된다는 이야기를 들었다.

4년 중간에 관리자급으로 승진하면
바로 정규직 될 수도 있고
2년을 버티면 정규직 될 수 있었는데
이제 4년이다.

나중에는 파견사 계약직도 생겨서 6년으로
늘어날 수도 있겠다.
끔찍한

이곳이
대한민국이다

ESSAY

#151

추석이라 부모님 보러 간다.

와! 부럽다!

그들이 사는 세상
추석을 쉬는 시민 계급이 부럽다.
난 불가촉천민 서비스업이라 안 쉬는데.

너와 나의 거리

ESSAY
#152

성별이 아니라 성과에 따라 월급을 차등 지급하고
성적인 농담이 아니라 성적에 따라 보너스를 주는
회사에 다니고 싶다.

억울하면 너가 사장하라고?
억울하지는 않은데
여성 CEO 분들도 똑같이 남자 직원 월급 더 주기도 하니까.

어차피 돈 더 주는 거 아니면
말 예쁘게 해주시면 안 되나?
말 한마디에 천 냥 빚 갚는다는 속담이
있는 나라와 같은 나라인가?

독하게 안 해도 말 잘 알아들어요
우리

ESSAY

#153

너를 만난 건 행운 따위가 아니었나 보다.

기적이었나
보다

ESSAY

#154

문과 남자가 이과 여자한테
너를 위해서라면 밤하늘에 별도 따다
준다고 하자

여자가 눈물을 뚝뚝 흘리면서
그럼 나한테는 아무것도 해줄 수 있는 게
없다는 거구나 했다.

서로 이해받지 못한
사이

ESSAY

#155

여자가 믿는 인연은
대부분 남자의 노력이다.
처음은 우연, 두 번째는 뽀록, 세 번째는 노린 거라는 말이 있다.

인연을 만들어 보려 했는데
말도 안 되는 이유로 계속 실패하자
깨달았다.
남녀 사이에는 때론
노력보다 운명이 필요하다는 것을…….

사랑의 보이지 않는 손

ESSAY

#156

훨훨 나는 저 꾀꼬리
암수 서로 정다운데
연애는 사치요,
연애 비용 스튜핏(Stupid).
외롭구나 이 내 몸은
누구와 함께 돌아갈꼬.

〈황조가 2017〉

ESSAY

#157

사드호란 ㅋㅋ
사드 배치 보복과
병자호란의 합성어다.

사드호란의 무서운 점은
나라는 반드시
자신이 해친 뒤에야
남이 해친다는 점이다.

이미 대한민국은 병자호란 전 조선처럼
스스로를 해쳤다.

이제 남은 수순은
중국과 맞서 싸우자는 집단과
사드 철회하고 화친하자는 집단이
서로 싸우다……

미래는 미스터리(Mystery) 해서 꼭 똑같이 진행
되는 것은 아니지만 지금까지는 똑같이
진행되고 있다.

사드호란

ESSAY

#158

조별 과제는 대학생활의 꽃이다.
그 꽃으로 싸움을 하니
우리는 화투라 부른다!!

조별 과제는 이제 더 이상 꽃이 아니다.
서로 미루는 폭탄이다.
그래서 결국 제일 착한 사람이 혼자 하고
그 착한 사람이
"선배 이름은 뺄게요!"를 배우는 과정이다.

난 이제 대학교에서 조별 과제가 없어져야
한다고 생각한다.
조별 과제로는 평가하고자 하는 협동심, 리더십, 의견수렴,
업무 분담 능력을 평가할 수 없다. 시대가 변했다.

대학교에서 싸움을 가르치려는 것이 아니라면
조별 과제는 폐지해야 한다고 생각한다.

조별싸움

ESSAY

#159

기다리는 퇴근 시간이 안 와.
하루가 길고

샤바 샤바 아이 샤바
또 월요일인 걸 보니
일주일은 짧고

월급날은 멀기만 하니
한 달은 길다.

직장인의 시간

ESSAY

#160

압구정으로 오니
나도 성형하고 싶다.

성형한 사람이
신사에서 신사이고
압구정에서 바를 정이니라.

맹자의 엄마가 이사를 세 번이나 한
이유가 여기에 있구나!

비 압구정 사람들에게는
성형은 수술이지만
압구정 사람에게
성형은 디자인이다.

예쁜 애들은 다 알아

ESSAY

#161

그런 날이 있다.

하루가 길 것 같은 날

ESSAY

#162

우리나라는 물 부족 국가라고 한다.
정확히 말하면 부족까지는 아니고
물 스트레스 국가라고 한다.

물을 쓰는 데 스트레스를 받는다는 뜻이다.

그런데

내 생각에 우리나라는
머니(돈) 스트레스 국가 같다.
머니 부족 국가는 아니지만
머니를 쓰는 데 스트레스를 받는 수준의 국가

머니 스트레스 국가

ESSAY

#163

낙수효과
부자가 더 부자가 되면
돈이 자연스럽게 흘러
가난한 사람도 부자가 된다는 이론

하! 어떤 멍청이가 만든 이론이지.

현실은 분수야.
밑에 있는 물도 퍼 올리지.

인간의 이기심을 계산 안 했네.
인가의 이기심이 없다면
카를 마르크스(Karl Marx)의 공산주의가 최고의
이론이라 했다.

모든 이론은 사람의
이기심이 변수다

ESSAY

#164

하청 사회

착취의 손아귀

아프니까
대한민국이다

ESSAY

#165

텍스트 뱅킹
넘나 신기한 것
그동안은 돈을 이체할 때마다
2가지 이상 인증을 했다면
텍스트 뱅킹은 최초 1회 제외
문자(텍스트)를 보내면 자동으로
돈을 이체시켜주는 서비스
허~ 그것참 신기하다.

AI 발전의
올바른 사례

ESSAY

#166

너 눈이 이뻐.
정말? 나 처음 들어.
응, 너 눈이 이뻐.

다행이다. 삶에 찌든 눈이 아니라
너가 본 내 눈은 호기심 가득 담아
초롱초롱한 눈을 보았나 보다.

나 정말
눈이 이뻐?

ESSAY

#167

신조어, 줄임말, 야민정음

문화인가?
문제인가?

문화 + 문제 = 문화제??? 아닌가?

청소년 나라 축제로 보면
충분히 재밌게 즐길 수 있다.
난 요즘 신조어 공부하는 재미에
퐁당 빠졌다.

문제로 볼 것인가?
문화로 볼 것인가?

ESSAY

#168

인생이란
사건, 사고가
생에 in 해 있으니
In생이라 했던가.

개소리에
철학을 담았습니다

ESSAY

#169

비록 공간은 떨어져 있지만
내 마음은 가까이 있어.

멀리 떨어져 있어도
옆에 있음을 느껴.

사랑은 시공을
넘어오는 것

ESSAY

#170

사칙연산에 우선순위가 있듯이
사랑도 × 먼저 하는 거야.

+, -(밀당)은 나중에 하는 거야.

ESSAY

#171

월세 지옥 대학가
조금 더 정확하게 말하면
누에고치 실 뽑는 동네
대학생들 돈 뽑아
비단 만들려나 보다.

뽕나무 위에서
길러지는 인간들

ESSAY

#172

위기의 순간은 늘 행복할 때 찾아온다.
하하 호호 즐거울 때

여자 친구나 부인이
"내가 몇 번째 여자야?" 같은 질문을 하고
남자가 웃으며 솔직하게 말하는 순간

위기가 찾아온다

ESSAY

#173

알파고 제로 등장

기존의 AI 인공지능 알파고는
인간의 도움을 받아 학습한 인공지능이고

알파고 제로는 스스로 배우는 인공지능이다.
즉, 알파고와 다르게 기존의 기보와 정석을
모르고 학습하는 시스템

기존의 인공지능처럼 인간의 지혜를 학습하는
방식이 아니고 제로, 즉 아무 정보도 없는 상태에서
학습하는 방식

알파고 제로는 인간의 도움이 성장에 방해되는
수준이라고 한다.

지구글 회사는 도를 깨우치는 인공지능이라고
소개한다.

문명 발전에 인간의 생각이
방해되는 시대가 온다

ESSAY

#174

“아. 난 공손하지 않으면 여자로 안 봐.
여자가 말이야. 공손해야지.”

고객님의 말을 듣다 난 생각했다.

남녀 차별은 남자가 만드는 게 아니라
저런 할머니가 만드는구나!

할머니도 여자가
아닌가 봐요

ESSAY
#175

신고리 5호기, 6호기
공사 재개

난 두 입장 모두 좋다.
안전을 위해서 탈 원자력을 해야 한다고
생각하고
반대로 대안 없는 무조건적인 반대도
좋아하진 않기 때문이다.

사람들은 과학이 불안을 이겼다고
표현하더라. 안전하게 공사할 수 있다는
과학 기술에 대한 믿음을 표현한 것 같다.
음. 나는 2% 부족한 거 같다. 정확히는

과학+편안함 〉 불안감인 것 같다.
편안함은 불안감을 이긴다는 말이 있다.
○○ 페이가 그 증거다.
우리는 해킹의 위험성 때문에 그동안
공인인증서부터 시작하는
많은 인증 절차를 받아야 온라인 결제가 가능했다.

○○ 페이들의 등장으로
우리는 자신의 카드를 휴대폰에 저장해서
다니고 쉽게 결제한다.

지금도 스마트폰 해킹의 위험성은 존재한다.
또는 개발자의 배신의 위험성도 존재한다.
스마트폰 보안 기술 발전과 편안함은
불안감을 망각하게 해준다.

신고리도 비슷하다. 여전히 위험하지만
지금 가장 싸고 편안하게 전기를 공급하는 건
원자력뿐이다.

과학+편안함은
불안감을 이긴다

ESSAY

#176

중국 스마트폰의 진화
삼성의 수성 전략은?

중국 자국 시장을 중심으로 성장한
글로벌 3위 스마트폰 기업 화웨이
난 개인적으로 많은 관심이 간다.
평소라면 구매해서 연구하겠지만…….

하지만

안 쓸 것이다.

사드호란으로 지금 반중 감정은
북벌론이 나와도 이상한 게 없는 수준이다.
실제로 중국과 북한을 압박하기 위해
전술 핵을 배치하자는 주장도 있다.
화웨이 제품이 너무너무 궁금하지만

난 학자이기 전에
한국인이다

ESSAY

#177

노력으로 안 되는 것

짝사랑하는 사람을
짝사랑하는 것

"아파~ 마음이 아파~
내 맘 왜 몰라줘~
오빠~ 그녀는 왜 봐~
거봐~ 그녀는 나빠~
봐 봐~ 이젠 나를 가져봐~."

왁스의 〈오빠〉
이 노래를 듣고 있으면
한 번 더 생각한다.

오빠.
그녀는 왜 봐

ESSAY

#178

이제 버스나 지하철에서
노인들에게 자리를 양보하지 마세요.

좀 센 가요?

영국에서 옥스퍼드 대학을 포함한 연구진들의
연구결과가 나왔습니다.

연구진들은 버스나 지하철에서 서 있는 건
노인들에게 훌륭한 운동이 된다고 발표하였습니다.
비슷한 이야기로 당신의 부모님의 건강을
위해 설치해야 하는 건
엘리베이터가 아니라 난간이라고 합니다.

연구진들은 오히려 노인들에게 자리를 양보해서
활동을 안 하도록 권하는 것이
수명을 단축시키는 걸 도와주는 행동이라고
경고했습니다.

노인들에게 무리한 등산이나 산책보다
움직이는 공간 위에서 균형을 잡고
서 있는 게 좋은 운동인 건 사실이기도 하다.

난 영국의 연구결과를 보면서
한국이라면 시작도 못했을 연구라고 생각했다.

표현의 자유란 말은 이런 걸 두고 하는 말이다.
인터넷에 악플 다는 데 사용하는 방패가 아니고.

시선의 차이, 하지만 노인에게
훌륭한 운동이 되는 건 사실

ESSAY

#179

사랑에 빠지는 순간은
사소함에서 나온다.

사랑이 끝나는 순간도
사소함에서 나온다.

사소함이 우리에게
미치는 영향

ESSAY

#180

탈북자가 보고 감동받은
시식 코너

북한에는 공짜 돌림이 없다.
처음에는 의심했지만 진짜
공짜로 음식을 먹게 해줘서 감동받았다는
훈훈한 이야기

당신의 감동이 사실
남한 사람들을 아프고 병들고 죽어가게 해.
몸도 마음도 아프게 만들어.

시식을 시작하면
펼쳐지는 지옥

에필로그

책을 마무리하며 부족함이 많이 있지만,
완성해서 뿌듯하다.

끝.

진짜 끝.

마지막 인사는 짧을수록 좋다.

난 교장 선생님의 "마지막으로, 진짜 마지막으로……."가
정말 듣기 싫었다.

내 에필로그가 교장선생님 훈화말씀이 되는 건
생각만 해도 끔찍하다.

진짜 끝.